LES CRUS
DE L'ESPLANADE

DE LA MÊME AUTEURE

FICTION

De mémoire de femme, roman. Montréal, Les Quinze, 1983. Prix du *Journal de Montréal* (Jeunes écrivains).

L'Autrement pareille, prose poétique. Sudbury, Prise de parole, 1984.

Courts Métrages et Instantanés, nouvelles. Sudbury, Prise de parole, 1991.

L'Homme-papier, roman. Montréal, remue-ménage, 1992.

Le Bonheur de la chambre noire, roman jeunesse. Montréal, Hurtubise, 1993.

La Soupe, roman. Sudbury, Prise de parole, 1995. Grand Prix du Salon du livre de Toronto.

La Bicyclette, nouvelles jeunesse. Sudbury, Prise de parole et Centre FORA, 1997.

Avec Paul Savoie, *Conversations dans l'Interzone*, roman. Sudbury, Prise de parole, 1994.

NON-FICTION

Paul Claudel et l'Allemagne. Ottawa, Presses de l'Université d'Ottawa, 1965.

Mécanismes structuraux, méthode de phonétique corrective. En collaboration avec Huguette Uguay, Montréal, Centre de Psychologie et de Pédagogie, 1967.

Mother was not a person, écrits de femmes montréalaises. Marguerite (Margret) Andersen, éd., Montréal, Content Publishing, 1972; 2e édition, Montréal, Black Rose, 1973.

Paroles rebelles, Marguerite Andersen et Christiane Klein-Lataud, éds., Montréal, remue-ménage, 1992.

*L'auteure tient à remercier le Conseil des arts de l'Ontario
de lui avoir accordé une bourse pour la rédaction de ce livre.*

*Deux cent cinquante exemplaires de cet ouvrage
ont été numérotés et signés par l'auteur*

MARGUERITE ANDERSEN

LES CRUS
DE L'ESPLANADE

Nouvelles

Prise de parole
Sudbury
1998

Données de catalogage avant publication (Canada)
Marguerite Andersen
        Les crus de l'Esplanade

ISBN 2-89423-093-1

I. Titre.

| PS8551.N297C78 | 1998 | C843'.54 | C98-932422-2 |
| PQ3919.3.A52C78 | 1998 | | |

En distribution au Québec: Diffusion Prologue
                                    1650, boul. Lionel-Bertrand
                                    Boisbriand (Qc) J7H 1N7
                                    (514) 434-0306

Prise de parole

Prise de parole se veut animatrice des arts littéraires en
Ontario français; elle se met donc au service des créatrices
et créateurs littéraires franco-ontariens.

La maison d'édition bénéficie de l'appui du Conseil des
Arts de l'Ontario, du Conseil des Arts du Canada, de
Patrimoine Canada (Programme d'appui aux langues
officielles et Programme d'aide au développement de
l'industrie de l'édition) et de la Ville de Sudbury.

Conception de la couverture: Max Gray, Gray Universe
Photographie de l'auteur: Tinnish

Copyright © Ottawa, 1998
Éditions Prise de parole
C.P. 550, Sudbury (On) CANADA P3E 4R2

ISBN 2-89423-093-1

Rassure-toi. C'est une histoire faite essentiellement de mots et de papier...

L'Homme-papier

COMME À LA DÉCHARGE

Quand on lui demande s'il veut tel ou tel objet qui sinon irait à la décharge, Alain ne dit jamais non. Au cours des années, il a accepté, entre autres, deux vieilles machines à coudre, trois ordinateurs dont deux fonctionnent de temps à autre, une imprimante en mquvais état, deux bicyclettes dont une sans guidon, l'autre sans roue avant, un sofa en cuir avec quelques brûlures de cigarettes, un grand nombre de casseroles, de marmites et de machines à café, des outils, des valises, des cintres en bois, en plastique et en fer, un aspirateur auquel ne manque que son tuyau flexible et tous ses suceurs, plusieurs machines à laver, une clarinette et une trompette, trois cors anglais, six flûtes à bec, des harmonicas et un clavier de piano électrique, un sextant et la tête de cuivre d'un scaphandre. Et ce n'est pas tout. Le relevé des vieilleries enfouies dans les placards reste à faire, tout comme celui de ce qui traîne dans la chambre à coucher de cet homme.

Les gens le savent, Alain accepte tout. Il va même chercher les choses chez leurs propriétaires. Il possède une petite fourgonnette, il a les chariots qu'il faut, il s'est fait les muscles à force de soulever et de transporter les objets. Chez lui, dans son bungalow de banlieue, il n'y a qu'un garage et un seul étage, donc nul besoin de monter ou de descendre l'escalier, heureusement, la chose aurait été dangereuse, surtout qu'Alain a plus de cinquante ans.

Alain est sculpteur-bricoleur, plus bricoleur que sculpteur peut-être. Aucune galerie n'a jamais voulu exposer les assemblages d'objets trouvés qu'il fabrique, même si cette forme d'art a aujourd'hui ses amateurs.

Il y a des étudiants qui disent avoir la tête si pleine d'idées qu'ils ne peuvent en exprimer aucune. Alain leur ressemble. Dès qu'il voit un objet, il le transforme et le retransforme dans sa tête. Parfois il n'en fait rien, parfois il s'aventure dans des constructions rocambolesques.

Il installe solidement une des bicyclettes sur des tréteaux ayant autrefois soutenu une planche à dessin. La roue avant sera remplacée par une grande machine à café, à trente tasses. Branchée sur la dynamo maintenant située à la roue arrière, la machine fonctionnera à la force des jambes pédalant joyeusement. La préparation prendra un peu de temps, mais le café n'en sera que meilleur. Reste à savoir qui voudrait pédaler pendant des heures...

Les trois cors anglais, reliés par un tuyau d'essence prélevé sur une vieille carcasse d'automobile, s'activent simultanément à l'aide d'une pompe à air ayant servi autrefois à gonfler les matelas pneumatiques d'une famille de campeurs. Le problème, c'est qu'Alain n'aime pas trop le son des instruments à vent.

Etc., etc., etc. Les possibilités sont innombrables, à condition d'avoir des objets hétéroclites à la portée de la main et une imagination sans bornes.

Or, l'exécution de l'un ou de l'autre projet ou d'une invention particulièrement pratique s'avère souvent difficile. Le fer à repasser qui devait servir de base à une machine à faire des pâtes ne tient pas en place lorsqu'on active la machine, même à vide. La grappe de boules à thé bien bouchées à l'aide d'un pistolet à souder — opération dangereuse! Alain s'est brûlé plusieurs fois et a roussi tous les poils blonds sur ses phalanges — ne réussit pas à remplir la fonction du flotteur dans le réservoir d'eau de la toilette.

Pourtant Alain ne se décourage jamais. Le moindre petit succès — la branche d'une paire de lunettes remplacée par un fil de fer, des chaussures en cuir resemellées avec des semelles de vieux tennis, les tubes en cuivre d'un chauffe-eau complètement rouillé prenant la place du tuyau d'échappement de la fourgonnette — le rend heureux.

Le 23 mars, une femme sonne à sa porte: «Vous pourriez me débarrasser de ce lit?»

Alain regarde dans la direction qu'on lui indique. Un beau lit en bois d'acajou, modèle traîneau, trône sur le toit d'une voiture remplie d'enfants.

«Vous le prenez?»

Alain est lent à se décider. Sa chambre est si pleine... Il se racle la gorge, va dire quelque chose, mais déjà elle reprend:

«J'ai quitté leur père. Le lit me pèse. Et la voiture ne le supporte pas non plus.»

C'est exact, l'automobile a le ventre à terre. Il faut la décharger de ce poids. Vite, portons le lit dans la maison, mettons-le quelque part, n'importe où. Et la voiture repart.

L'homme s'affaire pendant de longues heures. S'il veut installer ce lit dans la chambre à coucher, il faut débarrasser celle-ci du lit qui y est déjà et l'élaguer de tout ce qui pourrait diminuer l'effet esthétique du meuble splendide qu'on vient de lui offrir. Parfois, les cadeaux du ciel nous forcent à faire des sacrifices.

Des chaises sans siège ou à trois pieds, une étagère sans tablettes, une machine à laver démunie de son agitateur, des rallonges pour une table inexistante — pourraient-elles devenir des rayons de bibliothèque? — le garage se remplit à ras. Alain travaille comme un fou, jure comme un troufion, se promet de ne plus jamais rien accepter.

Finalement, voilà le beau lit installé dans la chambre, face à la grande fenêtre. Alain a trouvé des draps dans un vieux coffre, une courte-pointe, de beaux et gros oreillers. Dieu! qu'il va bien dormir!

Seul. Parce qu'évidemment Alain n'a pas de femme. Personne n'a jamais voulu de ce bonhomme qui accepte sans discriminer les restes ou le superflu des autres. Même parmi toutes les femmes abandonnées ou en fugue, pas une seule n'a eu l'idée de se réfugier chez lui. Parfois, l'une ou l'autre s'est arrêtée pour se défaire d'un objet inutilement encombrant, comme la dame au lit matrimonial, mais l'arrêt a toujours été momentané.

Ce soir, couché dans son lit de luxe, Alain rêve à la princesse qui viendra un jour le rejoindre. Oh! Il lui construira des robots qui feront le ménage et même la cuisine; les machines à coudre réparées, il lui fabriquera des toilettes somptueuses coupées dans des retailles d'étoffe; chaque jour ils mangeront dans des assiettes différentes, boiront dans des coupes de cristal finement taillé.

Au matin, il se réveille heureux. Peu importe que sa réalité ressemble à un cauchemar, que ses pieds continuent de s'empêtrer dans ce qui traîne chez lui. Un jour, une princesse viendra l'embrasser et la cabane aux mille objets deviendra un palais sans pareil.

LES MÛRIERS

Gisèle habite au 39, avenue des Mûriers, dans l'Annexe, le quartier des intellectuels torontois. Fait-elle partie de ce milieu? En tout cas, elle est institutrice à temps partiel dans une école alternative où elle enseigne le français à de petits anglophones.

Les aime-t-elle, ces enfants? Parfois, oui. Enfin, elle aime assez les élèves de la quatrième, neuf filles qui veulent bien apprendre quelque chose, même si cette chose, à dix heures et demie du matin, est le français. Comme elles ne lui donnent aucun fil à retordre, Gisèle les quitte après quarante minutes de cours, le cœur léger, satisfaite de son travail. On pourrait même dire qu'elle est heureuse. Puis ce bon souvenir se perd.

C'est qu'elle doit maintenant affronter la troisième, une classe remplie de filles et de garçons intelligents, espiègles, pétulants, qui ont découvert que leur prof de français n'a pas les reins solides. Alors ils la taquinent. Marc, dans la troisième rangée, avance tout à coup un pied, hop! elle trébuche. Elle est trop jeune pour tomber, elle se rattrape facilement, mais sa confiance est ébranlée, elle commence à se méfier de tout le monde, elle n'ose plus se servir du tableau puisque, pour y écrire, il faudrait qu'elle tourne le dos à la classe. Elle se donne des airs sévères qui ne lui vont pas, elle bégaie.

Quand le cours est terminé, Gisèle est en sueur et en détresse, elle se sent sale, elle sait que ses blonds cheveux sont en désordre puisqu'elle a, dans sa nervosité, constamment repoussé des mèches qui lui paraissaient désobéissantes, elle a les jambes qui flageolent, le cœur gros, elle n'est pas heureuse, elle a du mal à oublier ce qui vient de se passer. Et tous les jours, c'est la même chose.

L'autre nuit, en rêve, elle a pour ainsi dire «écervelé» les douze affreux de la troisième. Il y avait de la matière grise collée aux quatre murs de la salle, aux tableaux noirs, il y en avait sur les pupitres. Il y avait du sang partout, par terre, sur les murs... Elle aurait voulu cacher les cadavres, nettoyer la pièce avant que la directrice ne s'aperçoive de ce «classocide». Mais déjà elle entendait les talons de Mme Grimaud marteler les marches de l'escalier.

Gisèle est douce, elle n'a jamais fait de mal à personne. Si au moins elle pouvait commencer sa journée par la troisième et la terminer par la quatrième, elle retournerait à la maison d'un pas plus allègre. Toutefois, la directrice a vu cette proposition d'un mauvais œil. Pour y adhérer, il faudrait changer les horaires de tout le monde, alors, vous comprenez, ce n'est pas possible...

Heureusement qu'il y a les mûriers. En rentrant chez elle, au printemps, Gisèle commence à les observer. Ce ne sont pas des mûriers blancs, aux feuilles appréciées par les vers à soie, non, ce sont des mûriers noirs, aux fleurs presque invisibles qui deviendront par la suite des fruits juteux et sucrés. Comment se fait-il que la ville ait planté ces arbres fruitiers dans quelques-unes de ses rues? Quel jardinier d'origine méditerranéenne a bien pu le suggérer? Gisèle n'en sait évidemment rien, mais la présence des mûriers noirs l'enchante.

Fin juillet, les petits fruits sont mûrs. Les oiseaux et les écureuils en mangent, Gisèle aussi. La plupart des citadins passent sans que l'idée d'y goûter les effleure. Il en tombe par terre, les gens marchent dessus, le jus colore le trottoir d'un rouge sang. Parfois Gisèle a un peu honte d'être là, sur la pointe des pieds, à cueillir ces petits fruits, à les manger à l'instant même, sans les avoir lavés, d'exhiber ainsi un plaisir enfantin.

Un jour, un jeune homme s'arrête, pose des questions, goûte à ce fruit dont il ignorait l'existence dans la ville. La saveur légèrement acidulée lui plaît, Gisèle aussi. Demain, à la même heure, ils se retrouveront pour en manger encore. C'est l'été, il fait beau, Gisèle a un amoureux.

Antoine est étudiant en philosophie. Il fait du latin, du grec, c'est un érudit épris de littérature, de mythologie et de Gisèle. Il lui parle de la Gisèle de Proust, des «jeunes filles en fleurs». Puis tout à coup il se rappelle une histoire d'amour de l'antiquité, celle de Pyrame et Thisbé, deux jeunes gens qui vivaient dans des maisons avoisinantes, à Babylone, mais ne pouvaient se rencontrer qu'en secret parce que leurs parents s'opposaient à leur amour. «Tu vois, dit-il, Shakespeare n'a rien inventé!»

Par une fente dans le mur séparant les deux demeures, Pyrame et Thisbé prirent rendez-vous près d'une fontaine où poussait un mûrier. Plus impatiente que son amoureux, la jeune fille y arriva la première, mais, ayant aperçu une majestueuse lionne, s'enfuit à toute vitesse. Dans sa hâte, elle laissa échapper un voile que la lionne, curieuse elle aussi, prit dans sa gueule encore ensanglantée de son dernier repas de chair d'antilope. L'écharpe n'étant pas à son goût, elle la laissa tomber, but un bon coup à la fontaine et s'en alla faire un somme. Arriva Pyrame qui, à la vue du voile taché de sang, conclut que Thisbé était morte et se tua d'un coup de poignard pour la suivre dans l'au-delà.

La pauvre Thisbé, honteuse d'avoir manqué

de courage, revint sur les lieux, vit Pyrame mort, se coucha à côté de lui, prit le poignard et se tua à son tour. Les racines du mûrier absorbèrent alors le sang des amoureux et, depuis ce temps-là, les mûres et leur jus se colorent de pourpre.

Gisèle ne se fait pas de souci. Il n'y a pas de fontaine dans l'avenue des Mûriers, elle n'est pas une héroïne proustienne, elle est facile à comprendre. Elle embrasse son amoureux, lui dit qu'à l'automne, elle l'invitera à venir raconter de belles histoires à ses élèves et sages et turbulents. Qui sait, peut-être ne fera-t-elle plus jamais de cauchemar.

En attendant, la pluie d'été lavera le sang des mûres, les trottoirs seront de nouveau propres, Antoine et Gisèle devront trouver d'autres fruits à croquer. La main dans la main, ils explorent un des ravins ou bien une des îles de Toronto. Antoine emporte sa guitare, en joue pour sa compagne. Le soir, avant d'aller se coucher, ils prennent un café à la terrasse d'un des nombreux cafés de la rue Bloor.

Il y a encore du bonheur sur la terre, heureusement.

LES CRUS DE L'ESPLANADE

Qui avait commencé? Qui avait été la première personne à visiter l'établissement au coin nord-est de la rue Church? Peu importe. L'intérêt pour l'œnologie s'était propagé comme une épidémie et, aujourd'hui, ils étaient au moins trente à en être atteints, trois en moyenne pour chacun des neuf étages de l'immeuble.

M. Renault, l'administrateur, ne voyait pas la chose d'un bon œil. À son avis, ce passe-temps n'était pas de mise pour des locataires d'appartement et, surtout, pas pour les siens, presque tous âgés de soixante ans ou plus, pas encore grabataires, mais plus au moins gagas. Toutefois, comment le leur dire, à cette époque où on se mettait tout de suite à crier discrimination? On l'accuserait de vouloir priver les aînés d'un plaisir plutôt inoffensif.

Les locataires le dénigreraient. Il trouverait des missives anonymes dans sa boîte aux lettres, on le traiterait de réactionnaire, de fasciste,

de salaud politiquement incorrect, on menace-
rait de lui faire perdre son emploi, de le traîner
en justice, de le faire rentrer dans son pays. Ces
vieux, ils avaient le temps d'écrire des lettres,
de consulter le service d'aide juridique, de com-
ploter contre lui qui pourtant ne voulait que
leur bien.

M. Renault les imaginait dans leur salle commune, autour d'une table, en train de siroter un
café insipide préparé dans une vieille cafetière
en aluminium, de se raconter les derniers po-
tins tout en signant une pétition demandant
son congédiement immédiat.

Inoffensive, cette habitude qu'ils avaient prise
de faire leurs propres vins à partir de concen-
trés achetés à la «Cave du cep céleste»? On
n'avait qu'à penser à la veuve du troisième,
Mme Laurent, appartement 306. N'avait-elle
pas, il y a quelques semaines, demandé à Max,
le concierge, de lui installer dans son débarras
un porte-bouteilles en acier inoxydable pouvant caser jusqu'à soixante bouteilles de vin?
Maigre comme un clou, elle mangeait probablement à peine à sa faim et voilà qu'elle se
mettait à consommer de l'alcool? Toute fière,
elle avait informé Max que chaque cuvée com-
prenait trente bouteilles, qu'avec deux cuvées
elle en aurait largement assez pour tous les
cadeaux de Noël qu'elle devait offrir et pour
boire elle-même quelques bons petits verres de
Vouvray ou de Meursault. Renault imaginait la

petite vieille en train de picoler, le soir, seule et pompette.

Le procédé était simple, avait-elle expliqué. Elle allait au fameux magasin, payait une centaine de dollars pour avoir le droit de mélanger du concentré et de l'eau dans une grande tourie verte. Un mois plus tard, elle y retournait avec, dans son chariot à emplettes, trente bouteilles stérilisées à l'eau bouillante. Elle y transvasait alors son vin et M. Martin, le propriétaire de la boutique, l'aidait à boucher les bouteilles comme il faut, lui donnait les capsules en plastique, lui offrait toute une sélection d'étiquettes en couleur. Avant de les appliquer, elle y calligraphiait le nom choisi pour la cuvée du moment: Château de l'Esplanade, Côtes de l'Esplanade, Coteaux de... Elle s'efforçait toujours d'inventer des noms qui faisaient allusion à son domicile situé sur cette rue appelée *The* Esplanade, et prenait soin de ne choisir que des étiquettes qui affirmaient que le vin avait été mis en bouteilles au château.

Dans son cas, évidemment, ce n'était pas tout à fait vrai puisque le vin et son embouteillage se faisaient au magasin. Mais d'autres locataires de l'immeuble avaient transformé leurs salles de bains en chais, eux-mêmes en tonneliers. Passe-temps inoffensif, voyons donc! Gérald Laforge, du 604, n'avait-il pas laissé échapper sa grande bonbonne, vide heureusement? Elle s'était fracassée sur le rebord de la baignoire en semant des éclats de verre partout, partout, partout. Il avait fallu deux heures à Max, ce patient imbécile, pour remettre la pièce en état. Et qui est plus, le pauvre type s'était entaillé les mains à deux endroits, pas trop profondément, mais quand même! Pour le pacifier, le soi-disant caviste lui avait refilé trois bouteilles d'un cru fait maison. M. Renault les avait aperçues chez Max quand il était allé se faire donner plus de détails sur l'accident. Vous prendriez bien un petit verre, lui avait demandé le concierge. L'administrateur l'avait remercié. Il n'aimait pas les activités viticoles de ses locataires, il n'allait pas se mettre à déguster leur vin!

Il faut dire que Bertrand Renault venait de France et bien qu'il se soit accoutumé au Canada et y vivait heureux, il résistait encore à certaines particularités. Le chewing-gum, par exemple, que les locataires — des vaches, disait-il, des vaches qui ruminent — avaient l'habitude de coller sous les mains courantes des rampes d'escalier ou sous les barres d'appui dans les ascenseurs. Il avait horreur de sentir ces bouts de gomme toute mâchée sous les doigts; il continuait néanmoins à vérifier s'il y en avait, pour pouvoir en avertir Max. Il faut ce qu'il faut, disait-il à sa femme, le soir, quand elle lui disait de prendre les choses un peu moins au sérieux. Il était incapable d'ignorer la sensation de cette matière à la fois sèche et humide qui essayait de s'attacher à ses doigts, qu'il savait remplie de salive et qui en venait à représenter toute la vulgarité du continent nord-américain.

Leur vin! De la piquette! Lui, Bertrand Renault, fils de vignerons depuis des générations fabricants de banyuls, n'allait pas boire cette camelote! Il avait trop de respect pour le travail de ses ancêtres, pour la beauté d'un vignoble sous le soleil du Midi, pour l'odeur de la terre, pour ce liquide symbole de vie, d'immortalité, porteur de joie, miraculeux fruit d'un arbre cosmique sans pareil. Dire qu'il avait abouti administrateur d'un immeuble où des vieillards s'amusaient à fabriquer des médocs et des merlots, des saint-émilion et des Châteauneuf-du-Pape, de l'entre-deux-mers et des vins du Rhin!

Le vieux Lacasse, du 506, avait même voulu faire du mousseux aux framboises. Or, le jour où il avait finalement aligné ses trente bouteilles sur la table de sa petite salle à manger pour les boucher, il avait commis une erreur en y ajoutant encore un peu plus de sucre. La nuit, les bouchons s'étaient mis à sauter l'un après l'autre. Croyant qu'il s'agissait d'une fusillade, que la mafia ou les skinheads avaient pris le bâtiment d'assaut, ses voisins n'avaient pas seulement réveillé Max, ils avaient également alerté la police. Quelle histoire! Du rosé pétillant partout, au plafond, sur les murs, par terre. Une odeur d'alcool sur tout l'étage. Pendant des semaines, les vêtements du vieux avaient continué d'exhaler des effluves surprenants.

M. Renault se posait des questions. Tout cela, était-il légal? Comment était-ce possible que dans un pays où les épiciers, à part ceux du Québec, n'avaient pas le droit de vendre du vin, les gens se mettaient à en fabriquer eux-mêmes? Ne fallait-il pas avoir un permis?

Il soupçonnait les locataires viticoles de vendre leurs produits aux autres, sans leur faire payer de taxes. Comme le plus grand secret régnait sur ce commerce, il ne pouvait rien dire. Pourtant il entendait régulièrement cliqueter des bouteilles dans des chariots que l'on poussait le long des corridors, ou encore dans des sacs en plastique transportés d'un appartement à l'autre.

Max, qui aurait dû l'assister dans le maintien de l'ordre, semblait s'en ficher pas mal, de cette alcoolisation de l'immeuble et des illégalités possibles. Dans son pays d'origine, la Yougoslavie, de telles combines étaient plutôt applaudies, affirmait-il en rigolant.

L'administrateur soupçonnait Max de se faire payer en liquide les petites réparations qu'il faisait chez les uns ou les autres. Un évier à déboucher? Une bouteille de gros rouge. Une ampoule électrique à changer? Un petit blanc. Et ainsi de suite. M. Renault l'avait vu revenir du marché aux puces dominical avec un porte-bouteilles, plus petit que celui de la veuve, mais pouvant contenir au moins vingt flacons.

Pour la fête de la Reine, les locataires avaient

prévu une dégustation de vins et avaient à cette fin retenu la grande salle du rez-de-chaussée. M. Renault avait fait remarquer à l'organisateur de la soirée, un vieux clown toujours habillé en cow-boy, qu'il faudrait demander un permis au Bureau des alcools de la province et l'afficher dans le lieu des libations. «Pas de problème, avait répondu le héros de western, je m'en occupe.» Puis il avait enfourché sa vieille bicyclette et s'était mis en route.

L'Association des locataires avait payé les vingt-trois dollars qu'un tel permis coûtait et acheté un assortiment de fromages, y compris une sélection de cheddars partiellement teints de violet, de vert et de rouge. Quel pays! Du vin en poudre et du fromage multicolore! Bertrand Renault en arrivait à se demander pourquoi il s'était aventuré ici. D'après *Le Larousse*, les forêts et la glace dominaient au Canada. Mon œil! On assistait plutôt au règne de l'ersatz!

La fête avait laissé ses traces: des taches de vin rouge sur le tapis gris, une autre, plus claire, sur un des sofas, sans doute la conséquence d'une trop grande quantité de vin consommée et d'une incontinence malencontreuse. Des cendriers qui débordaient, des restes de fromage dans des assiettes en papier, des verres en plastique brisés, par terre. Cette fois-ci, même Max en avait eu pour son compte.

«Ils exagèrent», avait-il soupiré.

Et ça continue de plus belle. Aujourd'hui

encore, M. Renault a vu revenir deux joyeux larrons chargés d'une cargaison fragile. «On se partage une cuvée», ont-ils informé l'administrateur, comme s'il leur avait posé une question.

Le nombre des fanatiques de cette prétendue viticulture augmente. De plus en plus de gens fréquentent «La Cave du cep céleste». Rien ne les arrête. Mme Dupuis, à qui on vient de remplacer une hanche, s'appuie sur sa marchette à roues pour y aller. Quand elle a des bouteilles à rapporter, elle revient en taxi, les fait monter par le chauffeur. Gustave Merlin s'y rend en scooter pour handicapés, un porte-bagages à l'arrière du véhicule, un autre à l'avant. Le cliquetis des bouteilles lui sert de klaxon.

Les fêtes se multiplient. En hiver, ça trinque dans le grand salon ou bien chez les uns ou les autres. En été, les barbecues sur la terrasse durent de plus en plus longtemps, ce n'est qu'au petit matin que les gens rentrent chez eux. Chez eux? On a vu Gustave entrer chez Mme Gravelle, Ernest Saint-Cyr chez Nathalie Louvet. Et comme il y a plus de femmes que d'hommes dans l'immeuble, les femmes commencent aussi à se lier entre elles. Marguerite Bonner et Annie Lartigau, par exemple... Sales gouines!

Par contre, les matinées sont tranquilles. Les gens sont en train de cuver leur vin, comme on dit. Ce n'est que vers midi qu'ils commencent à descendre au rez-de-chaussée vérifier leurs boîtes à lettres, prendre un café au salon, dire du mal des absents.

L'administrateur ne sait plus que faire! Il vient de découvrir que Paul Lacroix ne s'est pas gêné pour installer son attirail de faiseur de piquette derrière sa vieille Cadillac, une énorme voiture dévorée par la rouille. Trois touries, dont une remplie de vin blanc, des bouteilles vides, un sac de bouchons, des tuyaux entre la voiture et le mur de fond du garage! Quel culot!

Bertrand Renault voudrait changer de travail. Administrer un autre immeuble. En administrer plusieurs pour ne pas s'attacher trop. Ne plus en administrer. Administrer autre chose. Dans le journal du week-end, sa femme, Madeleine, a vu que le plus grand cimetière de la ville cherchait un administrateur en chef. «Tu pourrais toujours enquêter sur la moralité des défunts avant de les admettre», lui a-t-elle dit avec un petit sourire que son mari n'a pas compris.

Tard la nuit, il pensait encore à ce commentaire pendant que Madeleine dormait tranquillement. Il ne voulait pas la réveiller pour lui demander des explications. C'est alors qu'une idée lui est venue, une idée géniale comme il n'en avait pas eu depuis ses jours de lycéen. Oui! Il allait se venger, là, tout de suite.

Minuit sonné, Bertrand Renault est dans l'ascenseur. Il monte au septième, s'attarde un peu dans le corridor. Dans l'appartement Lacroix quelqu'un ronfle à pleins poumons. Tant mieux! Vite, redescendons!

Le garage est désert à cette heure tardive. L'administrateur se faufile derrière la Cadillac, débouche la tourie de vin blanc, reniffle le contenu. Aucun bouquet, comme de bien entendu. Mais ça va venir. Déjà l'homme fait glisser la fermeture éclair de son pantalon. Son pénis dans la main droite, il s'approche de la bonbonne, l'incline de la main gauche. Va-t-il pouvoir pisser dans le goulot? Eh oui, tout y entre, jusqu'à la dernière goutte.

De retour dans le lit conjugal, Bertrand Renault s'endort, le sourire aux lèvres. Aucun cauchemar ne viendra le déranger. Le matin, il rejoint les locataires, prend un café avec eux. Personne ne l'a jamais vu aussi aimable, aussi joyeux.

Depuis ce jour-là, il attend patiemment que M. Lacroix se mette à parler du fumet, de la robe couleur pelure d'oignon, de l'odeur fruitée de son vin. Rira bien qui rira le dernier. Tous les vignerons de France seront vengés et Bertrand Renault n'aura plus besoin d'aller travailler ailleurs, même pas au cimetière.

BEAU SPECTACLE

Samedi, midi trente. Le terrain de construction est vide, le silence règne. Tôt le matin déjà, Charlotte avait été déçue: de la baie vitrée de son appartement au huitième étage, elle n'avait aperçu que cinq hommes qui complétaient probablement les travaux de la veille. À midi, pendant qu'elle était au marché, eux aussi avaient abandonné le chantier. C'est le week-end, le repos est de rigueur.

Charlotte s'ennuie.

Lundi matin, elle est de nouveau à son poste d'observation. Pour mieux voir les ouvriers, elle utilise une lorgnette en argent incrusté de nacre, un cadeau de sa mère qui aime l'opéra mais n'y va plus parce que les billets sont devenus trop chers.

Charlotte, elle, aime les hommes, c'est aussi simple que cela. Enfin, ce n'est pas si simple, il est parfois difficile d'en rencontrer et plus difficile encore d'endurer leur présence permanente ou temporaire. Mais avec la lorgnette, ma foi, c'est moins sérieux, Charlotte observe les maçons comme sa mère observait les chanteurs.

Le bâtiment qu'ils construisent fait face à celui que Charlotte habite. Au début, elle n'y avait pas trop fait attention. Avec d'autres locataires de son immeuble, elle avait protesté contre le bruit et la saleté que l'excavation causait, mais sans jamais songer aux ouvriers pataugeant dans le sol détrempé autour de cette grande fosse pleine d'eau de fond boueuse. Puis les murs s'étaient élevés peu à peu, une structure s'était développée, une ruche dans laquelle s'affairait quotidiennement une cinquantaine d'hommes.

Pour mieux étudier le spectacle qui s'offre à ses yeux, Charlotte place une bergère face à la grande baie vitrée, s'arme de sa lorgnette. Mais au premier regard, quelle déception! La plupart de ces hommes sont bien plus âgés qu'elle ne l'aurait pensé. Elle avait espéré se rincer l'œil à la vue de jouvenceaux musclés, bronzés, transportant poutres et poteaux, solives et panneaux de bois, se déplaçant sur des jambes solides, d'un galbe parfait. Et voilà que ces ouvriers arborent des ventres ronds, des cheveux gris ou même blancs, des visages de pères de famille. L'un d'eux soulève son casque pour essuyer la sueur — c'est l'été et il fait chaud — et laisse voir ainsi une calvitie assez prononcée.

Mais Charlotte n'est pas femme à abandonner ce qu'elle a entrepris. Elle veut voir de beaux hommes et à force de regarder, elle en découvre effectivement quelques-uns, jeunes, plus jeunes que les vieux en tout cas, la trentaine à peu près. Elle leur donne des noms, des noms italiens, les identifie à leurs casques. Le casque jaune est Anselmo, le rouge Umberto. Roberto porte un casque bleu, Giorgio un blanc. Le casque noir, c'est Antonio. Un moment elle se reproche l'idée stéréotypée qu'elle se fait de la construction où domineraient les Italiens. Et est-ce qu'en Italie tous les prénoms masculins se terminent en o? Il faudrait vérifier la chose dans un dictionnaire de noms propres, mais Charlotte n'en a pas le temps, Antonio la fascine.

Il porte son casque noir à l'envers, c'est-à-dire que la visière lui protège la nuque et non pas les yeux. Tout à coup, Charlotte a envie de toucher cette nuque, de sentir la peau chaude de cet homme, de glisser ses doigts le long de sa colonne vertébrale. Les verres de la lorgnette s'embuent.

Halte! Regardons-le encore, regardons ce bel homme qui est maintenant en train d'étudier un plan détaillé. De la main, il signale quelque chose à un de ses collègues, cela lui donne un air supérieur, serait-il le patron du chantier? Mais il porte un jean, un t-shirt violet, des bretelles rouges. Une ceinture garnie de rectangles métalliques auxquels il a suspendu des gants, des outils dont elle ignore les noms, une sacoche en cuir. Ce n'est pas le patron.

Peu importe. Voici qu'il se tourne vers elle, non, n'exagérons rien, Charlotte le voit simplement de face. Moustache noire, visage bronzé à outrance. Sur le casque, au centre, un autocollant, on dirait un aigle, l'aigle allemand, ah bon, Tonio serait-il allemand? Déjà il se retourne. Au-dessus de la visière, Charlotte aperçoit un joli petit arc-en-ciel, il y a quelque chose d'écrit dessous, un slogan. Elle a beau ajuster la lorgnette, elle n'arrive pas à déchiffrer le message.

Il y en a, des autocollants sur le casque de Tonio! Cela rappelle les valises des grands voyageurs habitués à descendre dans des hôtels de luxe, à faire des croisières. Charlotte s'imagine en train d'embarquer sur un paquebot avec le jeune homme, non, c'est un hélicoptère qui atterrit sur le terrain de construction, ils y montent, s'envolent.

Dans un lent mouvement semi-circulaire, une immense grue à tour fait passer devant la fenêtre de Charlotte une benne apparemment vide, accrochée à la flèche de son chariot. La jeune femme en a le vertige. Elle voit la benne se placer lentement aux pieds de Tonio qui la reçoit les bras ouverts, la décroche avant de signaler à l'opérateur de la grue que le crochet est de nouveau libre.

Tonio. Debout dans son blue-jean et son t-shirt violet à manches courtes, casqué de noir... Comment le rejoindre? Comment lui faire comprendre qu'une femme est en train de tomber amoureuse de lui? Ne sent-il pas un regard se poser sur lui, sur ses épaules, ses hanches, ses cuisses?

La lorgnette gît par terre. Affalée dans sa bergère, Charlotte appelle Tonio, imagine sa verge raide, gonflée, prête à la pénétrer, à éclater. Charlotte se tend, halète, vit des spasmes d'un rythme extraordinaire. Un, deux, trois, quatre, elle est incapable de compter les points culminants...

Mon Dieu! La flèche passe encore, on dirait que l'opérateur la regarde de sa cabine, aurait-il vu... Mais non, déjà il abaisse le crochet, d'autres hommes y attachent des tiges d'acier qui seront transportées vers une des plates-formes. Charlotte jette un coup d'œil à Antonio qui est en train de remplir la benne de débris de bois, puis elle se lève, se dirige vers sa petite cuisine, se fait un sandwich au jambon. C'est drôle, elle a toujours faim après l'orgasme.

Charlotte retourne faire le guet. Elle a le temps. Non, non, elle n'est pas au chômage, elle est traductrice, elle travaille à la pige. Les nuits sont longues, les week-ends aussi. C'est alors que Charlotte fouille les dictionnaires, construit des phrases. Tant que Tonio et ses copains œuvrent huit heures par jour, cinq jours par semaine, tant qu'il ne pleut pas, elle ne peut s'empêcher de les observer.

Nous sommes en ville. Dans un village, elle aurait pu apporter un thermos rempli de café chaud aux maçons occupés à refaire un mur, à construire une nouvelle maison. Faire ainsi leur connaissance. Ici, un snack-bar ambulant passe à heures fixes, sonne, vend sandwiches et boissons. Pas besoin de dames patronnesses.

Charlotte se voit en train de grimper la tour pour apporter de quoi manger et boire à ce conducteur à la vue perçante. Elle s'installe avec lui, sur le banc de sa cabine, elle a un peu le vertige, mais la présence d'un bras musclé autour de ses épaules la rassure. Bernardo met la radio, on joue du rock, une douce brise berce le couple dans sa nacelle, au loin, le grand lac scintille de ses eaux bleues.

Le jour d'un grand orage, Charlotte craint le pire. En deux minutes, l'énorme chantier s'est vidé. Comment Bernardo a-t-il fait pour descendre si vite? Et Tonio, où s'abrite-t-il? Où est Giorgio? Elle essaie de voir qui prend quelle voiture dans le stationnement de ce grand chantier, mais poussées par une bourrasque après l'autre, de grosses gouttes de pluie courent le long de la baie à travers laquelle Charlotte ne voit plus que des contours indiscernables. Oh! Voilà une ambulance qui arrive, mais pourquoi? quelqu'un aurait-il été frappé par la foudre?

Elle prend l'ascenseur, descend au vestibule, malheureusement celui-ci est complètement vide, il n'y a personne pour la renseigner. À l'extérieur non plus aucun ambulancier ou policier pour lui donner des informations. Sans se soucier de la pluie, trempée de la tête aux pieds, elle erre quelques minutes devant l'immeuble sans oser s'avancer vers le bureau de l'entreprise de construction. Que pourrait-elle leur dire, sous quel prétexte leur demander des précisions? Finalement, elle remonte chez elle, se change, allume la télé, se verse un peu de vin, prend un morceau de fromage.

Une heure plus tard, la voilà en train de traduire le dépliant publicitaire et le texte des étiquettes d'une marchande de confitures — Gelée de pommes vertes... Confiture de fruits variés... Chutney de canneberges... Le cœur n'y est pas, mais à raison de vingt cents le mot... Et puis ce texte-ci ne présente aucune complication. Il y a d'autres jours où elle doit vraiment se casser la tête, comme lorsqu'elle avait traduit le catalogue d'une quincaillerie. Vive *Le Termium*, instrument indispensable du traducteur canadien! Mais aujourd'hui, ça va. Elle y prend même plaisir. Face aux confitures, elle se dit qu'on apprend toujours quelque chose en traduisant, qu'il s'agisse de clous ou de marmelade.

Sept heures du matin. Bonheur. Rien, absolument rien n'est arrivé à Tonio, plus séduisant que jamais sous son casque noir. Charlotte l'épie, l'étudie, si elle savait dessiner, elle ferait son portrait. Le petit slogan sous l'arc-en-ciel l'intrigue toujours, elle est sûre que cette phrase lui révélerait le vrai Tonio. Si elle avait un appareil photo à téléobjectif, mais non, rien de tel, il faut qu'elle se contente du lorgnon maternel et d'instantanés intérieurs. Tonio: jambes longues, bras forts, torse à donner le frisson aux femmes et aux faibles... Tourne-toi donc, Tonio, lentement, permets à Charlotte de faire le tour de ton corps comme on fait le tour d'une sculpture, voilà, oui, c'est ça.

Le crochet suspendu à la flèche passe soudain devant la baie, Charlotte voudrait l'attraper d'un saut et se faire transporter par les airs jusqu'à cet homme qui lui semble beau comme un dieu.

Il est heureux que la grande fenêtre ne s'ouvre pas, Charlotte se serait retrouvée écrasée, par terre, telle l'acrobate qui n'a pas saisi le trapèze au vol.

Tard cette nuit-là, Charlotte traduit en français un texte anglais sur la forêt canadienne. Un toc, toc, toc régulier la surprend, la dérange. Un pivert s'attaquerait-il aux immeubles en béton armé? Sans savoir pourquoi, Charlotte descend, traverse la rue pour aller vers ce bruit.

Toc, toc, toc. Un homme martèle une pierre blanche. Tonio. Charlotte ne sait quoi dire.

L'homme remonte ses lunettes de protection sur son casque qu'il porte ce soir aussi à l'envers.

«Je vous ai dérangée, Madame, je ne devrais pas... Le bruit...

— Non, dit-elle, je travaillais...»

Elle a l'impression de le connaître depuis des années, mais trouve difficile de lui parler, de finir ses phrases. Il y a quelque chose en lui qui la déçoit, elle ne sait quoi.

«C'est qu'une tablette de marbre est tombée, le type allait jeter les débris, alors j'en ai pris un morceau.

— Pour...

— ... Pour en faire une aile, vous voyez, une aile de chérubin, ce sera joli.»

En effet. Charlotte ne sait toujours pas quoi dire. Elle rêve et Tonio lui sourit en attendant de se remettre à sculpter l'aile de l'ange. L'ange qui passe quand les amoureux sont heureux? Charlotte a l'impression qu'elle est de trop ici, comme ça, à côté de cet homme qui ne pense qu'à marteler le morceau de marbre. Toc, toc, toc.

Charlotte va partir. Elle jette un dernier regard au sculpteur qui a remis ses lunettes comme pour signifier que l'interruption a assez duré et baisse maintenant la tête. Et voici que Charlotte peut lire le fameux slogan qui court le long de la courbe inférieure de l'arc-en-ciel: *Proud to be gay*...

Cette nuit-là, Charlotte dort mal. Elle rêve qu'un pivert rose lui picore le cœur, que la benne de Bernardo fracasse toutes les fenêtres de son appartement, qu'une tempête fait voler des briques, des tiges en fer, des morceaux de marbre. Aux petites heures du matin, tous les ouvriers en bâtiment se joignent dans son rêve aux manifestants du *Gay Pride Day* torontois, Tonio à la tête du défilé soulevant de ses bras musclés une énorme aile de chérubin vers un arc-en-ciel spectaculaire.

L'ACTRICE

Elle est menue, elle a les yeux bleus, très bleus, les cheveux blancs, coupés court, très court. De belles mains nerveuses qui volent comme des papillons. Une voix profonde qui résonnait autrefois dans les salles de théâtre, portait les spectateurs vers des émotions inconnues ou refoulées. De nombreux succès. Des critiques élogieuses. Des médailles. Des prix. La gloire. Puis, l'oubli, temporaire d'abord, presque total par la suite. Quand on monte une pièce dans laquelle Esther a autrefois tenu le rôle principal, personne ne parle de son interprétation.

Dans son petit appartement, Esther a transformé une belle commode italienne en coffre à souvenirs. Le dessus, en marbre de Carrare, est devenu une sorte de plateau d'exposition. Vases remplis de roses séchées, un collier de perles dans un écrin ouvert, un diadème dans un autre. Des cadres vénitiens en argent massif font scintiller des photos.

La voici dans le rôle de Phèdre. Pendant toute une année, elle s'était laissé pousser les cheveux pour arborer une chevelure flamboyante. Au fond, elle était trop petite pour jouer cette femme impétueuse. Mais sa voix portait. Comment, se demandaient les spectateurs, faisait-elle pour faire sortir cette voix grave de son corps si fluet? Son énergie semblait l'avoir grandie, les critiques n'en revenaient pas.

Le Shaga de Marguerite Duras. Dieu! qu'elles avaient ri durant les répétitions! Elle tenait le rôle de la Folle vêtue d'un manteau de faux lynx et parlant le shaga, cette langue incompréhensible inventée par l'auteure. Vers la fin de la représentation, le public avait l'impression de comprendre, commençait à trouver superflu le rôle de l'interprète. Évidemment, peu de gens, à part deux ou trois chroniqueurs, avaient saisi l'importance de cette pièce que le petit théâtre de chambre avait eu l'audace de monter. Le manque de succès de la pièce illustrait parfaitement ce que Duras avait mis sur les planches! Tous les soirs, une salle aux trois quarts vide. La maladie du siècle, l'incompréhension!

Esther avait renoncé à une bonne partie de son cachet, les deux autres comédiennes avaient fait pareil, c'est à peine si les techniciens avaient été payés.

Mais où était-il donc passé, tout l'argent qu'elle avait gagné? Cinquante dollars pour un premier rôle quand elle avait tout juste seize ans, des milliers et des dizaines, que dis-je, des centaines de milliers de dollars plus tard. Un mari disparu, deux enfants à élever, Martin et Luc, aujourd'hui préoccupés par leur travail, leurs femmes, leurs nombreux enfants. L'aîné a pris un léger embonpoint, ça ne lui va pas et c'est inquiétant, il faudrait qu'il surveille sa tension, sa femme devrait l'empêcher de tant manger.

Une fois par mois, ils viennent la chercher, à tour de rôle. Oui, oui, c'est agréable de sortir dîner chez eux, de voir et d'admirer leurs maisons, leurs enfants, leurs chiens, leurs chats et le reste. De savoir qu'ils l'aideraient si jamais elle n'arrivait plus à se débrouiller toute seule. Mais c'est agréable aussi de rentrer chez soi, de se retrouver seule, de s'adonner à ses vieilles habitudes.

Des habitudes un peu folles, surtout en ce qui concerne les vêtements dont elle possède une multitude. Le soir, elle aime essayer ses toilettes d'autrefois. Elle ouvre des armoires remplies de robes rarement portées, de manteaux somptueux qui parlent du passé. Un jour, elle fera une sélection. Elle invitera ses petites-filles à venir fouiller, à prendre ce qui leur plaira. Elle vendra certaines choses. Une bonne partie ira à l'Armée du Salut. Un manteau de fourrure à la vieille clocharde du coin. Peut-être.

À un moment de sa vie, elle avait eu peur de connaître le même sort que cette pauvre femme.

Les rôles pour les actrices plus âgées sont rares; entre quarante-cinq et soixante ans, la vie avait été difficile, surtout qu'elle n'avait jamais su placer son argent. Ensuite, elle avait obtenu des rôles comme celui de la vieille dame indigne, de Brecht, ou celui de Claire Zachanassian, la milliardaire vengeresse de Dürrenmatt. Ou encore Hagar, dans l'*Ange de pierre* de Margaret Laurence. La terrible tante dans *Kamouraska*. Des rôles de folles aussi. Une vieille sorcière dans une pièce anglaise du Moyen Âge, une femme torturée à la folie dans un film sur un régime totalitaire.

Mais depuis dix ans, aucun engagement. Est-elle trop vieille? Les gens ont-ils peur qu'elle oublie ses répliques? Qu'elle trébuche sur scène? S'y effondre, comme Molière?

Pas de travail, pas de revenu. Esther a eu un peu de mal à s'habituer à un style de vie plus modeste, très modeste même. Tous les jours, elle s'affole de voir diminuer le petit pécule qu'elle a réussi à amasser malgré tout. Encore heureux que son loyer ne soit pas excessif! Le deux pièces et balcon, au septième étage d'une coopérative pour comédiens du troisième âge, elle peut se le permettre. Elle y joue le rôle qui lui convient, celui de la vedette, de la star, pendant que les locataires moins connus font les comparses.

Son appartement est agréable. De grandes fenêtres laissent entrer la lumière, le soleil. On se croirait en Floride, mais sans la chaleur accablante: l'appartement est climatisé. Et vive l'ascenseur! Elle aurait été incapable de monter et de descendre l'escalier.

Le marché est tout proche. Claire pousse sa marchette à roulettes — don que lui a fait l'assurance-maladie après une fracture du col du fémur — vers l'un ou l'autre étal, cause quelques minutes avec un marchand tout en choisissant ce qu'il a de plus frais. Dans le porte-bagages de la marchette, qu'elle s'est mise à aimer après quelques semaines de résistance au cours desquelles elle la qualifiait de bidule pour estropiés, zinzin infernal, machin-truc et remplace-guiboles, elle ramène ses achats: une mangue, des bananes, un pied de laitue et des pommes de terre nouvelles, du beurre, du pain et un petit filet de poisson. Esther mange peu, mais bien.

Est-ce l'âge? Esther est de moins en moins souvent en colère, va de plus en plus patiemment vers un état d'immobilité qu'elle soupçonne inévitable, mais espère lointain encore. L'image de sa mère, paralysée avant de mourir, lui vient souvent à l'esprit. Il y a vingt ans, la vieille dame lui avait paru trop impatiente, trop pleine d'une rage féroce contre le sort qui, déguisé en maladie de Parkinson, lui était tombé dessus comme une bombe. Condamnée à l'immobilité, elle haïssait son fauteuil roulant, souriait rarement. Puis elle s'était calmée, extérieurement du moins, s'était tue en attendant la mort. En y pensant aujourd'hui, Esther comprend.

À quand sa propre mort? Esther n'ose y réfléchir. Quand elle sort, elle serre les mains sur le guidon de la marchette, mais s'efforce de détendre les muscles de son visage. Elle se veut encore belle.

Il y a un mois, on l'a engagée pour jouer dans une annonce filmée. Il s'agissait d'un groupe de femmes qui jasaient tout en laissant entendre que *Polygrip*, c'est ce qu'il y a de meilleur pour tenir les dentiers en place. Toute l'équipe de tournage l'avait complimentée sur son maintien impeccable, son visage sans crispation.

C'est ça. Il faut se détendre, affirmer avec le sourire que tout va pour le mieux dans le meilleur des mondes. La vieillesse, un handicap? Pas pour celles qui se servent de *Polygrip*!

Mais parlons-en, de cette soi-disant troisième dentition! L'autre jour, dans le bus pour handicapés, elle avait éternué et le dentier du dessus lui était presque tombé de la bouche, encore un peu et il se serait retrouvé par terre, cassé peut-être. Elle avait de bons réflexes, une chance, elle avait vite refermé la bouche et d'un coup de langue avait tout remis à sa place. Mais quelle émotion! Les autres passagers, tout à leurs rêveries ou à leur somnolence, n'auraient probablement pas remarqué un dentier blanc et rose par terre. Mais elle, elle aurait eu du mal à se baisser pour le ramasser, il lui aurait fallu l'assistance du chauffeur. Esther Levasseur, bien coiffée, maquillée à la perfection, en train de montrer du doigt cet objet abject? Non, ce n'aurait pas été drôle.

Dans l'immeuble aussi, on lui avait fait des compliments sur son rôle, mais Esther se méfie de l'Amicale que des vieux et des vieilles de l'immeuble forment et au sein de laquelle ils se racontent leurs souvenirs d'autrefois, embellis par la distance:

«Ah, quand j'ai fait ce film couronné au moment de l'Expo 67, à Montréal, j'y jouais le rôle de...

— Te rappelles-tu la mise en scène de... Un vrai désastre, heureusement que j'avais évité...

— J'aurais dû admettre que mon rôle était osé, sexy à outrance, je m'en suis défendue durant les interviews au lieu de souligner la chose pour remplir les coffres...

— À Halifax, au Neptune, oui, c'est cela, je tenais le rôle de... Pas facile, non, mais je me suis tiré d'affaire...»

Les agapes périodiques, méticuleusement organisées par l'admirable Sarah qui, à l'âge de cinquante-cinq ans, veut prouver à tout le monde que, malgré la grave maladie qui la terrasse, elle est encore capable de fonctionner. Barbecues sur le toit, soirées dansantes dans la grande salle du rez-de-chaussée, causeries plus ou moins intellectuelles sur les plaisirs du texte, la mode, les métiers de la scène, l'histoire du cinéma et ainsi de suite. Des soirées théâtrales: *L'Annonce faite à Marie*, jouée par des sexagénaires. Des extraits de ballet dansés par une ballerine qui n'a plus fait de pointes depuis des décennies. Une soirée de blues chantés par une Noire qui a du mal à atteindre les notes un peu hautes. Spectacles bien intentionnés, peut-être même assez remarquables. Esther n'y assiste jamais. Elle préfère rester chez elle.

Une fois par semaine, elle pousse sa marchette le long du trottoir qui monte la petite colline de la rue du Marché. Arrivée sur la rue Front, elle attend que quelqu'un lui ouvre la lourde porte de la Régie des alcools, y entre avec plaisir. Elle se fait conseiller, raconte à l'aimable gérant qu'elle attend des amis pour dîner, des Français, vous savez, alors il faut que vous me disiez... avec un rosbif... oui, mais d'abord il y aura du saumon fumé... Puis des fromages, bien entendu...

L'homme la conseille. Il lui indique des vins acceptables ou même bons, et pas chers... Enfin il n'y a plus rien de vraiment bon marché... Vous êtes d'accord? Oui. Bien sûr. Elle glisse une bouteille de vodka dans son panier, à côté des bouteilles de vin, avance à petits pas vers la caisse. Quarante onces, cela lui fera la semaine, du moins c'est ce qu'elle espère.

Un verre ou deux avant de manger. Vodka-tonic, elle adore ça. Après le premier, elle se sent légère comme quand elle faisait du ballet.

Si un petit trébuchement ne le lui rappelait pas, elle oublierait, en se levant, de s'appuyer des deux mains sur le dossier de son fauteuil.

Après le repas, elle ouvre sa penderie. Aujourd'hui, ce sera le jour du grand gala. Elle s'imagine Agnès, Jeanne la Pucelle, Lady Macbeth... Elle se récite intérieurement, silencieusement, tous les beaux monologues. L'amour, le désespoir, la ruse de la Bonne âme de Sé-Tchouan et la rage intérieure de Nora... Esther est l'Antigone de Sophocle et celle, toute frêle, de Jean Anouilh. Mère Courage et Mère Ubu... Exaltée, Esther projette ses répliques vers la salle imaginaire remplie d'un public invisible qu'elle sait attentif et adorateur. On applaudit et elle s'incline, le rideau tombe et se lève encore et encore, on lui lance des fleurs, on refuse de la laisser partir.

Il est près de minuit, Esther est épuisée. Un dernier rôle encore: Desdémone qui regagne son lit sachant que le Maure de Venise viendra la rejoindre et qu'elle l'aime.

La vieille actrice s'endort. Dans ses rêves, elle danse, elle court, elle vole, elle rit, le Maure ne l'étrangle pas, Mère Courage n'est pas fatiguée de tirer sa charrette, Antigone n'a pas besoin de mourir.

Dans un coin de la chambre, la marchette, métal laqué vert et poignées noires, veille.

AUDACIEUSE

J'en ai marre de la vie que je mène! Annonces!
Annonces! Annonces! Le jour, j'en accepte. Le
soir, je parcours les offres d'emploi du journal
dans l'espoir de me trouver une autre situation.
Je vis dans le monde des annonces. Mon existence est malsaine. Ni l'ordinateur du bureau,
ni les petites annonces dans le journal ne sont
bons pour les yeux. J'ai les nerfs à fleur de
peau, le travail est en train de me rendre folle.

Le connaissez-vous, le bottin francophone,
cet outil indispensable pour ceux et celles qui
désirent vivre en français ici? Nuit et jour, à
tout moment, je peux vous en vanter les avan-
tages. Vous y trouverez de tout: associations,
agences de voyage, médecins et dentistes, gale-
ries d'art et musées, vétérinaires et salons funé-
raires, etc., etc.

Vous avez compris? Oui, c'est moi la responsable des annonces sans lesquelles ce bottin ne
pourrait exister. Depuis des années, je fais ce

travail qui consiste à se battre aves des clients qui, pour la plupart, trouvent les prix exorbitants.

«Quoi? Tant que ça pour trois lignes imprimées sur du papier journal? Mais c'est fou!

— Une telle somme pour quelque chose qui ne me rapportera peut-être rien?

— Ah, non, j'peux pas... Faut que je réfléchisse encore. Quelle est la date limite?»

Je leur en donne, des dates. Les plus rapprochées, c'est pour les gens anxieux. Qu'ils se dépêchent! Cela leur évitera peut-être un ulcère. Je réserve les dates pas trop éloignées pour les gens qui croient plus ou moins en la valeur du bottin. Et les dates les plus distantes, c'est pour ceux et celles qui sont tout à fait convaincus et ne ronchonnent pas sur les prix.

Les clients de longue date, quoi. Le photographe qui annonce sans honte ses vraies couleurs: «Photographie de boudoir». Tout le monde comprend ce que cela veut dire, il ne prétend pas vouloir faire des portraits alors qu'il fait de la porno.

La traductrice «de tout document». Je la soupçonne d'accepter n'importe quoi et de le traduire n'importe comment. Serait-elle responsable de ces traductions fautives que l'on découvre quotidiennement, le matin sur les boîtes de céréales, le soir sur l'emballage des repas congelés? Chaque année, son annonce grandit, elle en est à prendre un huitième de page.

Le clairvoyant. Sérieux, à mon avis. Son cabinet se trouve dans un centre médical, dans un quartier tout à fait comme il faut. J'ai envie de le consulter. Car j'aimerais voir clair, il me semble que cela serait agréable. Je me réveillerais le matin, un plan précis pour la journée dans la tête. J'éviterais de faire des bêtises puisque j'en saurais d'avance les conséquences. Je lui demanderais de me dire ce qu'il pense des services de rencontres ou des agences matrimoniales. Oui. C'est décidé. Quand sa secrétaire appellera pour confirmer l'annonce à venir, je lui demanderai de m'indiquer le prix d'une consultation, puis je prendrai rendez-vous.

Le nombre des annonces pour la rubrique «Ongles et Cils» diminue d'année en année. Il n'y en a plus que deux. «Valérie», dont la propriétaire vante ses résultats comme étant légendaires, m'intrigue. Lors de notre conversation, cette Valérie, Isabelle Clafoutière de son vrai nom, a dû s'en apercevoir. Elle m'a carrément suggéré un échange de rabais, ce qui n'est pas une mauvaise idée, mais à laquelle je n'oserais donner suite. Je vais pour le moment inscrire son nom sur la liste de mes désirs, à côté de celui du tailleur qui se dit prêt à me faire un ensemble chic, à un prix très abordable.

Il faut dire qu'il y va un peu fort, celui-là. En échange, il voudrait que je lui mette tout simplement une annonce d'un quart de page, sans le facturer! Je ne peux pas faire ça.

Si on n'était pas informatisé, il y aurait moyen de faire des arrangements spéciaux. Il y a neuf ans, quand M. Lemire a commencé à publier son annuaire, c'était bien plus simple. Le chocolatier *Le Bruxellois*, par exemple, qui prend maintenant toute une page, m'envoyait une bonbonnière et je lui diminuais sa note de sept ou huit dollars. Personne n'y voyait rien. Aujourd'hui, l'ordinateur émet un signal sonore dès que je fais une erreur dans la comptabilité. Évidemment, je peux lui ordonner d'ignorer le problème, mais j'ai peur du patron, ça se comprend, n'est-ce pas? Pourtant j'ai tellement envie de profiter de tous ces intrigants services!

«Qui ne risque rien, n'a rien», m'a dit Raymond, le clairvoyant qui a bien voulu me recevoir. En allant le voir, je ne savais pas à quoi m'attendre, j'avais même peur qu'il voie trop clair en moi, qu'il me juge. De plus, je n'aime pas qu'on me fasse la charité et lui me recevait sans que je le paie.

Je lui ai parlé de mes envies: ongles soignés, cils recourbés, un ensemble que je puisse porter en toute saison — disons en gabardine crème ou en lin abricot —, quelques photos, mon curriculum vitæ traduit en anglais pour trouver un meilleur emploi. Et un homme, peut-être, un monsieur comme il faut avec qui j'irais dîner ou bien au spectacle.

Raymond a été réellement gentil. Il m'a demandé de me taire, puis il a fermé les yeux.

Après quelques minutes, il m'a dit que ma vie allait changer, à condition que je fasse les premiers pas, que je prenne des risques.

Il a dû voir sur mon visage que cette idée m'effrayait. C'est à ce moment-là qu'il m'a sorti le proverbe sur les bénéfices du risque.

«Vous voyez, m'a-t-il expliqué, en vous offrant cette consultation gratuite, je courais un risque, celui de perdre mon temps. D'un autre côté, vous allez probablement revenir, vous me payerez alors, et peut-être même deviendrez-vous une cliente régulière.» Il ne s'était pas trompé. J'ai en effet pris rendez-vous pour le mois suivant. J'ai besoin d'un guide spirituel.

Depuis notre première rencontre, il y a trois semaines, j'ai fait faire deux ensembles, le premier en lin couleur tilleul, l'autre en gabardine beige. J'ai payé le premier, le deuxième est un échange contre l'annonce que je vais glisser dans le bottin, en douceur. Il faut espérer que M. Lemire n'y verra rien.

Mon C. V. est traduit et j'ai commencé à l'envoyer en réponse aux offres d'emploi, dans les journaux. Pour le moment, il n'y a aucun véritable résultat. J'ai bien eu une ou deux entrevues, mais c'est tout. Le travail se fait rare.

Comme je crains que le patron ne s'aperçoive de mes transactions irrégulières, je n'ose porter mes vêtements neufs au bureau. Mais quand un employeur potentiel m'accorde une entrevue, je dois m'habiller. L'autre jour, j'ai apporté l'ensemble beige au travail et me suis changée dans les toilettes, vers trois heures et demie. L'entrevue devait avoir lieu à quatre heures trente et j'avais averti M. Lemire que je partirais tôt, que j'avais rendez-vous chez le dentiste.

Le patron part toujours vers trois heures, alors je pensais être tranquille. Mais non! Il est revenu en disant qu'il allait me remplacer. Puis il m'a fait des compliments sur mon habillement tout en exprimant sa surprise de me voir si élégante alors que j'allais m'allonger dans un fauteuil de dentiste.

«Est-ce bien vrai, Pauline, m'a-t-il susurré, ne s'agirait-il pas plutôt d'un rendez-vous galant?»

Devant mon air gêné, il s'est repris, m'a même remerciée de tout le bon travail que je fais pour lui depuis si longtemps. «En tout cas, n'a-t-il pu s'empêcher d'ajouter, ce n'est pas pour moi que vous vous habillez de la sorte. Pour vous, je ne suis que Maurice Lemire, votre patron.»

J'ai eu honte de mes transactions. Je les ai traînées comme un boulet. Quand j'ai finalement revu Raymond, celui-ci s'est mis à rire. «Mais voyons, m'a-t-il dit, je ne vous avais pas conseillé d'être malhonnête! Audacieuse, oui, mais pas...»

Voleuse. Je suis une voleuse. Une femme de sac et de corde. Une faussaire crapuleuse, une délinquante comme il n'y en a pas deux. Je suis abominable. Alors, autant afficher mes couleurs! Ongles manucurés, cils artificiels, vêtements sur mesure. J'attends le justicier. Chaque jour. Dès le matin.

Cependant il ne se passe rien. Bah! Hier, Maurice m'a attrapée par derrière. J'étais en train de mettre un dossier dans le tiroir supérieur du grand classeur métallique, je ne pouvais donc pas me défendre. Il s'est frotté contre moi, on devait avoir l'air fin, il a soulevé ma jupe et m'a mordillé la cuisse...

Ça s'est terminé là et je ne pense pas qu'il va recommencer. Il a une femme qui le surveille.

Mais au fond, ce *love-bite*, comme disent les Anglais, n'était pas si désagréable que cela. Ça m'a mis l'eau à la bouche, je ne peux plus m'empêcher de rêver d'amour. Il va falloir que je m'inscrive au Club des rencontres de célibataires francophones. J'attendrai que la gérante me téléphone, puis, si elle se plaint des coûts, je lui ferai part de mes désirs. Elle m'arrangera bien ça. En attendant, je vais appeler le photographe pour qu'il fasse mon portrait. Osé, de préférence.

SEUL AVEC EUX

Mathieu, au troisième étage, est serviable. Durant la semaine, il travaille comme mécanicien dans un garage situé à l'angle des rues du Marché et de l'Esplanade, qui se spécialise dans les systèmes d'échappement. Le week-end, il accepte de faire de petites réparations sur les bagnoles de ses colocataires. Il se fait payer, bien sûr, mais à tarif réduit. Il dit que cela lui change les idées. Occupé toute la semaine à remplacer des pots d'échappement rouillés, il aime bien consolider l'installation d'une radio, nettoyer un distributeur, changer les bougies ou l'huile dans la voiture d'un voisin. Il se déplace avec ses outils d'un emplacement à l'autre, dans le garage souterrain de l'immeuble, prend soin de ne pas trop salir le sol en ciment. C'est un type soigneux qui aime être occupé, qui aime rendre service.

Mathieu n'est pas marié. On ne lui connaît pas de petite amie. Il vit seul, il n'a pas d'enfants.

Divorcé? On dirait que non. Les pères divorcés, on les aperçoit parfois avec un enfant, dans l'ascenseur par exemple. On remarque à leur façon d'être ensemble qu'ils n'en ont pas l'habitude. À leur silence aussi. Le père porte les bagages, c'est-à-dire un sac de week-end, l'enfant examine les autres passagers. Ils commenceront leur dialogue quand ils seront seuls. Mathieu, lui, est toujours seul.

Il fait ses commissions en sortant du travail, le vendredi après-midi. Au marché il s'achète de quoi manger, au drugstore de quoi garder son appartement en bon ordre. Savon à lessive, poudre à récurer, tampons pour faire briller ses casseroles, savon à laver la vaisselle. Il n'y a pas de saleté chez Mathieu.

Un jour, à la suite d'un terrible accident causé par un conducteur en état d'ébriété, Mathieu a les jambes cassées. C'est grave et ça ne l'est pas. Une des fractures est toute simple, l'autre, celle de la cheville, l'est moins.

Mathieu est en bonne santé, il n'est pas vieux, à trente-trois ans, ses os se souderont assez rapidement. Cependant, on ne peut pas lui permettre de rentrer chez lui avec les deux jambes dans le plâtre. Il ne pourrait pas prendre soin de lui-même et ce serait dangereux.

«Ne vous inquiétez pas, disent les médecins, sept ou huit semaines à l'hôpital et dans une clinique de rééducation physique devraient suffire. La fracture de la cheville droite prendra plus de temps. Mais la jambe gauche, on peut dire que ce n'est rien. On enlèvera le plâtre après au plus six semaines. Le régime d'assurance-maladie paiera tous vos frais. Et sans aucun doute vous obtiendrez des paiements d'indemnité considérables.»

«Aussitôt qu'un des plâtres sera enlevé, ajoute la travailleuse sociale, vous pourrez rentrer chez vous. On vous donnera une aide-ménagère qui ne vous coûtera rien.»

Ce n'est pas de ses finances que Mathieu s'inquiète. Il pourrait d'ailleurs sous-louer son appartement pour un mois ou deux, le concierge de l'immeuble le lui a suggéré. La liste d'attente des gens qui voudraient vivre dans cet immeuble à loyer modeste est longue, il y aurait moyen de louer, même à la semaine. Mais Mathieu a des économies et, de plus, son patron lui garde sa place. Une sous-location ne vaut donc pas la peine.

Le concierge lui offre d'aérer l'appartement une fois par semaine, d'arroser ses plantes. Mathieu affirme ne pas avoir de plantes et, ajoute-t-il, la fenêtre de sa chambre est toujours entrouverte et l'air passe très bien à travers la moustiquaire. Le concierge n'insiste pas, de toute façon il a assez de travail et il sait, sans qu'on ait besoin de le lui dire, respecter l'espace privé des locataires.

Les colocataires viennent régulièrement rendre visite à Mathieu, lui apportent fleurs, chocolats, livres et revues. Une jeune femme toujours souriante, qui occupe l'appartement à côté du sien, est parmi les visiteurs les plus réguliers. Elle participe avec entrain aux activités que Mathieu peut se permettre. Elle lui demande de se mettre dans son fauteuil roulant. Mathieu est agile, il a les bras forts, il est capable de le faire sans assistance. «Si seulement on me laissait rentrer chez moi, se plaint-il, je me débrouillerais avec ce carrosse. Dire qu'il y a des handicapés qui doivent vivre comme ça pendant toute une vie!» Il est libre de quitter l'hôpital. Mais comme les médecins le lui déconseillent, l'assurance pourrait refuser de payer, si jamais il y avait des complications. C'est un risque que Mathieu a tout de même peur de courir.

La jolie Claudine et lui vont faire une marche. Enfin, elle marche pendant que lui avance dans son fauteuil roulant. Ensemble ils font le tour du jardin de l'hôpital où les lilas fleurissent.

À chaque visite, la jeune femme porte des vêtements différents. Un jour, c'est un collant à motifs imitant une peau de léopard, un autre un pantalon en faux serpent, complété d'un t-shirt et d'un boa noirs. L'infirmier de service lui fait des compliments.

Mathieu est souvent assez crispé. Cela se comprend. Qui aimerait avoir les deux jambes dans le plâtre? Mais Claudine lui trouve parfois une irritabilité particulière au point où elle se demande ce qu'elle lui a fait et si elle ne devrait pas cesser de venir le voir.

Une après-midi, Mathieu fait des appels télé-
phoniques. Son voisin de chambre l'entend parler en anglais mêlé de mots latins et note que sa
voix traduit une certaine inquiétude.

La nuit, Mathieu rêve. On l'entend alors parler d'une voix douce. Des paroles incompréhensibles entrecoupées de sons caressants, se
transforment parfois en chicotement de souris
ou en pépiements de moineaux.

Lorsque le temps de rentrer à la maison approche, Claudine lui propose de faire quelques
achats, mais Mathieu refuse. Claudine a envie
de lui dire d'aller se faire cuire un œuf.

Elle essaie de convaincre le concierge de lui
donner la clé de l'appartement de l'infirme
pour qu'elle puisse y mettre quelques denrées,
du lait et du pain par exemple. Et des fleurs.
Quand on rentre de l'hôpital, on aime voir des
fleurs. Mais il n'y a rien à faire, le concierge
refuse. Découragée, la jeune femme décide de
ne plus s'occuper des affaires de Mathieu.

Arrive le jour du retour. En ambulance, puisqu'une jambe est toujours dans le plâtre. Un
des ambulanciers insiste pour accompagner
Mathieu jusque chez lui, même si cela semble
l'irriter. Pas moyen de faire un peu de conversation dans l'ascenseur, Mathieu reste taciturne.
Devant la porte de son appartement, il donne
congé à son accompagnateur. «Je me débrouille-
rai», affirme-t-il.

«Merde alors, dit l'ambulancier à son coéquipier, qu'est-ce qu'il peut bien cacher dans cet appartement?

— C'est peut- être le bordel chez lui?

— J'ai rarement vu un type aussi inaccessible!»

Et ils se remettent en route.

Mathieu ouvre doucement sa porte. Écoute. A-t-il entendu un bruit? Non. Mais là, oui, un de ses amis descend en glissant de la branche qui lui sert de couche, se dresse contre la paroi en verre qui le retient. Mathieu s'approche clopin-clopant, le serpent l'observe de ses yeux sans paupières. Dans d'autres cages, d'autres serpents s'animent.

Quel soulagement! Finies les visions de verrières entrebâillées, de corps affamés et assoiffés rampant le long des murs, se glissant sous les portes, dans la baignoire, passant dans d'autres demeures par les tuyaux d'écoulement ou les bouches d'air, se faufilant dans le lit de Claudine, le garde-manger du concierge, à la recherche de quelque chaleur, de quelque nourriture.

Ils sont tous là, les sept serpents de Mathieu: le boa constrictor et celui de Madagascar, les trois couleuvres vipérines, l'orvet serpent de verre, le python royal dans toute sa splendeur. Et tous ont survécu. Dans la cage des couleuvres, l'homme aperçoit même un petit tas d'œufs.

Bon. D'abord, leur donner de l'eau. Mathieu doit se hisser sur ses béquilles pour en verser dans les réservoirs à l'aide d'un entonnoir à long tube, et ce, prudemment, sans trop déplacer les lourdes plaques de verre ou de bois qui couvrent les habitations de sa collection de reptiles.

Puis, sortir des souris du congélateur, les décongeler dans le micro-ondes, trouver dans le frigo des limaces pour l'orvet qui les aime tant.

Mathieu pense à M. Leduc, le propriétaire du magasin zoologique, qui avait carrément refusé, au téléphone, d'aller nourrir les serpents, sous prétexte qu'il ne les aimait pas. Autrefois, c'est chez lui que Mathieu s'était ravitaillé en souris vivantes, avant de trouver sur Internet un vendeur de souris mortes, congelées, bien meilleur marché et moins dangereuses pour ses amis. N'avait-il pas lu, toujours sur Internet, qu'une souris avalée vivante risquait de ronger l'intérieur du serpent?

Et Claudine... Comment aurait-il pu lui permettre de pénétrer dans un appartement hébergeant une collection de serpents, même non venimeux? Combien de fois n'avait-il pas voulu lui confier son secret, lui demander de s'occuper des animaux durant son absence? Il n'en avait pas eu le courage. Mathieu savait d'expérience que la plupart des femmes ont une peur innée des serpents. Pourquoi? Accusent-elles encore cet animal d'avoir fermé pour toujours les portes du paradis, d'avoir rendu le bonheur conjugal plus ou moins impossible? Ou alors le corps de la bête leur rappelle-t-il le pénis, l'intimidant instrument du plaisir sexuel?

Mathieu sent le sien s'éveiller. Il voudrait bien s'en occuper, mais au moment de faire glisser la fermeture éclair de sa braguette, il voit qu'Alexandre s'impatiente. Mathieu ouvre donc la cage du python qui émet un petit sifflement de satisfaction. Une fois dehors, il s'approche de Mathieu, examine les environs à l'aide de sa langue, se frotte contre le plâtre qu'il doit prendre pour un morceau de bois. D'une main gantée, Mathieu lui offre une souris dont il agite la queue pour faire croire qu'elle est bien vivante. Et une deuxième. Alexandre a faim, il n'y a pas de doute.

Satisfait de son repas, il se love dans un des coins du sofa en cuir. Dans l'autre, Mathieu se masturbe tout en se détournant un peu, de peur que l'animal ne prenne sa verge mobile pour de la nourriture.

Après, Mathieu se prépare un plat de spaghetti à la sauce Alfredo. Il aime les spaghettis qui, par leurs mouvements ondulatoires et leur façon de glisser, lui rappellent depuis sa plus petite enfance les serpents.

L'enfance. C'est de son père qu'il avait appris à s'intéresser aux serpents, à les aimer, à prendre soin d'eux. Tout en se méfiant des autres garçons, de ses camarades d'école qui pour la plupart abhorraient ses protégés sans poils ni plumes. Ah! Ils voulaient bien l'admirer de loin quand il se promenait dans un pré, un boa autour du cou. Et les filles! Fascinées par l'étrangeté de son amour pour ce qu'elles craignaient, admiratives devant son courage de manipuler ces bêtes, elles se méfiaient de lui. L'idée qu'il pouvait avoir une couleuvre dans la poche de sa veste ou de son pantalon les obsédait.

Même sa mère, un jour, avait menacé de les quitter. «Choisissez, avait-elle crié aux deux zoomanes, c'est ou moi ou les serpents!» Voyant qu'ils étaient incapables de vendre leurs animaux, de les donner à un jardin zoologique ou même de les lâcher quelque part dans la nature, elle avait fait ses valises, était partie pour ne pas revenir.

Aucune autre femme n'avait voulu prendre sa place et jamais Mathieu n'avait-il pu vivre avec une fille, se marier. Dès qu'il faisait allusion à sa passion pour les serpents, les femmes lui faisaient une bise et lui disaient adieu. Il avait beau essayer de leur expliquer qu'un boa pouvait être plus affectueux qu'un chien ou un chat, qu'un orvet pouvait se rendre utile en dégustant les limaces d'un potager, elles ne voulaient rien savoir. Leur aversion les empêchait d'entendre raison. Elles lui sortaient l'histoire de Laocoon, de Cléopâtre, lui disaient d'aller chercher sa Méduse ailleurs. Mathieu s'était résigné. Ou presque.

Tout en mangeant ses nouilles, il pense à

Claudine. Pourrait-il aller frapper à sa porte, lui raconter son histoire? Lui dire qu'elle n'a rien à craindre? Pourrait-il finalement entrer en contact, peau à peau, avec un être de sang chaud?

L'idée lui traverse l'esprit, agréable pour commencer, terrifiante par la suite. La peau fraîche d'un serpent, à côté de lui, dans son lit, devra lui suffire.

Dorénavant, il évite donc de prendre l'ascenseur en même temps que sa voisine. Quand il la rencontre par inadvertance, il tâche de ne pas donner l'impression qu'il aimerait la connaître. Il la rassure sur l'état de ses jambes, l'informe qu'il va sous peu reprendre son travail et que, non merci, il n'a besoin de rien.

C'est elle qui a besoin de lui, un matin que sa voiture ne veut pas démarrer. Elle se sert de l'interphone à l'entrée de l'immeuble pour l'appeler, affolée à l'idée qu'elle va être en retard. Mathieu promet de faire vite. Il prend juste le temps de glisser la couleuvre, avec laquelle il jouait, dans la poche de son pantalon, puis descend au garage. Évidemment, Claudine a noyé le carburateur en s'acharnant à faire démarrer la voiture. Il s'agit maintenant d'attendre quelques minutes avant de faire une autre tentative.

«Ne reste pas debout, lui dit-elle, assieds-toi dans la voiture, de toute façon c'est toi qui vas la mettre en route.» Mathieu s'assoit donc derrière le volant, Claudine à côté de lui. C'est alors que la petite Anna décide de changer de place. Mathieu la voit disparaître dans le sac à main de Claudine qui, à ce moment-là, ferme celui-ci d'un clic décisif.

La voiture démarre. Mathieu remonte chez lui, le cœur gros. Jamais il ne reverrait son Anna, c'est certain, l'animal allait ficher le camp à la première occasion, puis se perdre, se faire écraser sur une route ou mourir de faim.

Claudine lui téléphona le soir pour le remercier de son aide et pour lui raconter qu'un horrible serpent avait été aperçu dans la cafétéria où elle prenait son lunch. «Imagine, dit-elle, toute essoufflée à la pensée de l'événement, on n'est en sécurité nulle part!» Mathieu conclut encore une fois que les femmes ne sont pas pour lui. Deux petits couleuvreaux qui firent leur apparition ce soir-là, l'aidèrent à comprendre qu'il avait d'autres chats à fouetter. Bientôt il put retourner travailler au garage et recommencer les réparations du soir.

Un léger tiraillement à la cheville lui rappelle parfois son accident. Claudine? Il n'a plus besoin de l'éviter. Un carton vient de lui annoncer qu'elle se marie au mois de juin.

DERRIÈRE LA PORTE

Qu'elle frappe à la porte! Je ne lui ouvrirai pas. Ou alors, je me débarrasserai d'elle en vitesse, l'air de dire qu'elle me dérange. Avant de répondre, j'éteindrai la grande lampe, laisserai juste les bougies allumées. Je prétendrai me régaler de ma solitude, oui, toute seule, là, à écouter la flûte du beau Jean-Pierre Rampal.

Je ne lui demanderai pas si elle aime la flûte. Non. Elle ne s'y attendra pas d'ailleurs. Nous en avons déjà discuté. Ce n'est pas qu'elle déteste la musique, non, mais elle préfère le silence. Dans son appartement, il n'y a que cela. Moi, par contre, je mets toujours un disque ou bien la radio. Dès le matin, dès que je me réveille. Je laisse l'appareil en marche, même quand je ne suis pas à la maison. J'aime que mon espace soit rempli de sons.

Julia et moi, nous sommes assez amies. Mais je n'aimerais pas qu'elle me voie dans l'état où je suis.

Les thérapeutes affirment que cela remonte à mon enfance. Ça se peut, d'accord, mais je n'ai pas vraiment envie de parler de ces vieilles histoires. Je ne les ai pas oubliées, même si je n'arrive pas à les dire à haute voix. On m'a trop bien appris à me taire, à me claquemurer de fond en comble.

Je suis fière de pouvoir sangloter sans faire de bruit. Harvey, mon psychothérapeute, trouve ça remarquable. «Vraiment, dit-il, vous êtes la seule de mes clientes à pleurer sans même renifler. Continuez donc, pleurez, pleurez, laissez-vous aller, vous n'avez pas besoin de me dire quoi que ce soit.» Évidemment, il espère me voir craquer, m'entendre hurler. Je les connais, ces gens-là.

Julia a un petit tic qui me convient. Elle ne regarde pas souvent les gens en face, elle semble chercher ses paroles tantôt à droite, tantôt à gauche, en tout cas quelque part en haut ou à côté de la tête de son interlocuteur. Autrement dit, elle a les yeux fuyants qui ne s'arrêtent pas sur votre visage. C'est rassurant pour moi qui ai le visage ravagé quand je traverse une de mes crises.

Quelquefois j'ai envie de lui faire remarquer son tic, mais, au fond, c'est très commode pour ses interlocuteurs. Quand je lui ouvrirai la porte, elle ne se rendra peut-être pas compte que j'ai les larmes aux yeux.

Les larmes, les larmes. J'aimerais pouvoir les

contrôler comme je contrôle mes sanglots, mais, je ne sais pas comment ça se fait, cette eau salée continue à couler. Pas à grands flots, plutôt tout doucement, je la sens à peine.

J'en ai assez. Je sais que Julia est là, dans le couloir, inutile de regarder à travers le judas. Et elle sait que je suis là, moi aussi, dans mon appartement, puisqu'elle continue d'attendre, de frapper à intervalles réguliers ses trois petits coups timides. On dirait qu'elle a peur de moi, pourtant c'est moi qui crains de ne pas pouvoir dire quoi que ce soit.

Bon, O.K., je vais lui ouvrir, mais seulement après avoir baissé l'invisible rideau de fer devant ma figure, tel que je l'ai appris. Hélas, je crains ne pas pouvoir prononcer un mot.

Est-elle partie? Je n'entends plus rien. C'est ça, il n'y a plus personne, Julia est allée travailler. Plus besoin de faire d'efforts. Vraiment, j'aurais eu trop de mal à lui dire les mots les plus simples.

J'ai un problème de mâchoires, la dentiste me l'a encore expliqué. Je n'ai pas de caries, non, mais je serre les dents pendant la nuit. Le matin, quand je me réveille, je suis capable d'ouvrir les yeux, mais pour désenclencher les mâchoires, c'est une autre histoire. Quelquefois j'ai l'impression qu'il me faudrait un tournevis, un instrument quelconque pour les débloquer.

Je vais d'abord à la salle de bains, va pour ouvrir la vessie, mais les mâchoires restent enclenchées. Je m'examine dans le miroir, j'écarte un peu les lèvres, je vois mes dents les unes sur les autres, les incisives supérieures dépassant de quelques millimètres celles du bas. Les molaires paraissent bien alignées. La mâchoire supérieure est fixe, c'est normal. Je ne le savais pas, mais j'ai récemment lu quelque chose à ce sujet. L'inférieure devrait être mobile, mais chez moi elle ne l'est plus, du moins pas en ce moment. Elle est totalement bloquée. La dentiste m'a rappelé qu'il faut être deux pour danser le tango. Pour les mâchoires, c'est pareil. Celle qui ne bouge pas, peut immobiliser l'autre, l'empêcher de danser, pour ainsi dire.

La nuit, je pourrais porter un petit appareil dentaire en plastique, pour éviter de détruire mes dents ou même de rester bouche cousue pour de bon. Deux cent cinquante dollars que je n'ai pas.

Je me rends à la cuisine. Je remplis la bouilloire, la branche. Je pose le filtre sur ma tasse, y mets le cône en papier, puis deux cuillerées de café. Vais-je pouvoir le boire? On dirait que ma mâchoire inférieure est devenue fixe pour de bon, que je ne pourrai plus ouvrir la bouche, est-ce possible?

Je mets une tranche de pain dans le grille-pain, enfin, c'est beaucoup dire, je ne me suis jamais acheté de grille-pain, je mets le pain entre les branches d'un cintre métallique plié en deux, c'est une de mes inventions, puis je place l'instrument sur le rond électrique que j'allume. Ce n'est pas compliqué, c'est aussi fonctionnel et aussi rapide qu'un grille-pain de n'importe quelle marque qui prendrait d'ailleurs beaucoup plus de place dans ma petite cuisine. L'inconvénient, c'est qu'il vaut mieux rester près du fourneau, le pain risque de prendre feu, vite, en un rien de temps. Il se carbonise d'abord, puis, paf, voici les flammes qui sautillent... Ça risque de déclencher la sonnerie d'alarme, dans ma cuisine pour commencer, puis sur l'étage, puis dans tout l'immeuble. Les pompiers arriveraient et même si, entre temps, j'avais déjà éteint le feu, je serais forcée de leur expliquer la chose, bref, de leur parler, ce que j'aurais du mal à faire vu l'état de mes mâchoires.

Pour boire mon café, j'introduis une paille entre mes lèvres, la plonge dans la tasse, aspire, réussis à faire monter un peu de liquide chaud qui se fraie alors un chemin vers ma gorge. Sous l'effet de la chaleur, la mâchoire supérieure perd de sa férocité, lâche son emprise.

Je vais pouvoir manger mon toast, prudemment; j'ai peur de mon dispositif buccal qui s'enclenche chaque nuit et qui semble vouloir rendre solidaires les diverses pièces du mécanisme de ma bouche. Le pain avalé, j'allumerai une cigarette, pour me détendre davantage.

Hier, dans l'ascenseur, j'ai entendu dire qu'une dame au troisième étage était morte. Sa femme de ménage l'a trouvée, assise dans un fauteuil, le journal à la main. Pompiers. Police. Par la suite, j'ai appris que c'était le journal de vendredi et qu'on ne l'a découverte que mercredi. On a conclu qu'elle était décédée vendredi. Comment cela? Il se peut qu'elle ait voulu relire le journal, ça m'arrive quand je n'ai rien à lire et que je m'assois pour prendre un café. Dans un vieux journal, on découvre toujours des détails jusque-là inaperçus.

Par exemple, aujourd'hui nous sommes jeudi et voici une partie du journal de samedi. Je ne sais pas ce que j'ai fait des autres parties, mais peu importe, si je mourrais maintenant, ces pages-ci à la main, on conclurait bêtement, au premier abord, que mon décès est survenu samedi. Ou dimanche.

Le gros journal du week-end, il est normal de passer deux jours à le lire. Ha! Dans mon cas, les gens auraient donc un problème. Morte samedi ou dimanche? Est-ce qu'une autopsie pourrait déterminer avec précision à quel moment j'aurais cessé de respirer?

Enfin. Ça n'arrivera pas. Je suis peut-être trop sensible, un peu folle ou bizarre, mais je ne suis pas malade. Maladive alors? Même pas. Pâle. Je tousse parce que je ne peux pas arrêter de fumer. Tiens, je vais prendre un autre café, ma deuxième tasse. Puis une autre cigarette. Mes mâchoires m'obéissent de nouveau, je suis contente.

Alors, ce journal vieux de cinq jours. Voyons.

Bill Clinton a-t-il ou n'a-t-il pas demandé à sa secrétaire de ne pas mentionner ses rencontres avec Monika? Monika a-t-elle inventé ces histoires de pipes? Tony Blair s'étonne de l'intérêt des Américains pour les pratiques sexuelles de leurs présidents. Lysiane Gagnon affirme que les Québécois s'en fichent. Comme moi d'ailleurs.

Deux archéologues ont découvert des morceaux de poterie qui prouveraient qu'en mai 1562 vingt-sept huguenots se seraient établis à Charlesfort, en Caroline du Sud, pour échapper à des persécutions religieuses. C'est surprenant, mais ne m'émeut guère.

À Paris, un marchand d'armes anciennes affirme avoir acheté l'armure de Jeanne d'Arc à une famille, propriétaire de cette relique depuis le dix-septième siècle. Bon, mais c'est en 1431 que la Pucelle est morte sur le bûcher. Qu'est-ce qu'on a fait de son armure après son arrestation? Qui a gardé l'objet pendant deux siècles? Le marchand aurait dû faire des recherches.

Le Québec réactive sa Commission de protection de la langue française. Les Québécoises seraient les plus grosses fumeuses du monde entier, et les plus réticentes à se marier. Je ne suis pas québécoise, mais je me reconnais en elles.

Le ministère de l'Éducation saskatchewannais essaie de vendre mille pénis en bois dur, achetés pour montrer aux élèves du secondaire comment enfiler un condom. Les professeurs ont refusé de faire cet exercice. Pour le moment, les autorités n'ont pu se débarrasser que de quarante-six de ces objets. Qui a bien pu les acheter? À quel prix? Et pour quoi faire?

Les Forces canadiennes déclarent que leur aide aux sinistrés de la tempête de pluie verglaçante se chiffre à soixante millions de dollars. Les militaires nous coûtent cher, tout comme l'éducation sexuelle. La marine, toujours plus élégante que l'armée de terre, a quitté la baie de Fundy, de peur d'y tuer des baleines.

En Afghanistan, la violence contre les femmes continue. Depuis le 30 décembre — en trois mois donc — plus de mille personnes ont été assassinées en Algérie. Quatre-vingt-deux mille depuis 1986. Le Soudan n'a pas encore aboli l'esclavage. On y vend des enfants pour cinq cents dollars chacun.

Meurtres individuels chez nous. De plus en plus horribles, de plus en plus méticuleusement décrits. Accidents. Un petit garçon de trois ans et demi s'est cassé une jambe en tombant du septième étage d'un immeuble. Il a eu de la chance, dans un sens; un arbre a amorti sa chute.

Un sixième attentat dans le métro. Il paraît que ce sont des malades mentaux qui prennent plaisir à pousser une personne sous les roues d'une rame entrant en gare.

Je n'ai vraiment pas envie de mourir. Dans ma vie, il y a eu des moments où j'ai envisagé d'en finir. Une cicatrice à l'intérieur de mon poignet gauche en témoigne. Je me rappelle aussi le tube qu'un jour on m'enfonça dans la gorge pour me vider l'estomac. Des folies de jeunesse, quoi.

Ce matin, j'ai mal au dos. Ce n'est pas grave, c'est seulement embêtant. Est-ce que je devrais regagner mon lit? Je n'ai pas sommeil.

Que faire de moi-même? J'aurais dû ouvrir la porte à Julia, lui offrir un café. On n'aurait pas eu besoin de se dire grand-chose.

Je ne sais pas ce que je vais entreprendre aujourd'hui. Continuer d'analyser vainement mes maux? Me plonger dans les romans télévisés? Ou alors essayer de me trouver un travail? Il doit bien y avoir quelqu'un qui a besoin d'une bonne secrétaire? Où est la section des offres d'emploi?

C'est ça. J'ai besoin d'un travail sur lequel je pourrais me faire les dents plutôt que de les serrer pendant la nuit. Quoi? Le taux de chômage a encore augmenté? Vite, un autre café, une autre cigarette.

Peut-être devrais-je écouter les messages sur mon répondeur? Il y en a trois, d'après le cadran. Je ne réponds jamais au téléphone. La machine le fait très bien. De toute façon, certains appels ne nécessitent aucune réponse, ceux de mon père, par exemple, qui dit vouloir me faire oublier ce qu'il appelle «de malheureux malentendus». Ceux de ma mère qui déclare ne se souvenir de rien.

Tout à l'heure, j'appellerai Harvey, il me donnera bien une heure cet après-midi. Avec lui, je travaillerai encore une fois à desserrer les dents, à parler doucement de ce que j'ai sur le ventre.

Si seulement je pouvais trouver le premier mot.

DÉFIS

Ce sont les petits moments de danger qui lui conviennent le mieux. Quand il y a juste assez de tension pour rester sur le qui-vive, en état d'éveil, alerte. Le feu vient de tourner du vert au jaune, elle aurait le temps de s'arrêter, mais elle en décide autrement, appuie sur l'accélérateur, pousse un petit cri en avançant alors que le rouge s'allume. Les automobilistes de la rue transversale vont-ils la laisser passer? Oui! Ça y est, elle a réussi son coup encore une fois.

L'interne soulève le bistouri. Certes, il le tient de façon à ce qu'elle n'aperçoive pas l'instrument qui, malgré une piqûre préventive, pourrait faire gicler son sang. Or, du coin de l'œil, elle voit distinctement la lame luisante. Aurait-elle dû refuser cette intervention de rien du tout? Mais non, voyons! L'homme va simplement prélever une toute petite excroissance sur le côté de son sein droit, envoyer le bout de chair au laboratoire pour déterminer ce qu'il en est. Certes, on aurait pu observer la chose pendant quelques semaines, elle n'aurait pas dû permettre au premier médecin venu de lui charcuter le corps, surtout qu'il est bien jeune celui-ci, un débutant, autorisé à procéder à cette opération seulement en présence de sa superviseure. Elle aurait pu réclamer quelqu'un de plus chevronné, exiger un dermatologue. Mais elle n'avait pas eu envie de traîner, ni d'être méfiante, elle n'avait pas voulu paraître craintive, alors elle avait donné le feu vert à ce jouvenceau qu'elle voyait pour la première fois.

Une semaine avec des points de suture. Une petite cicatrice. Le cancer? L'analyse est négative, c'est bon, elle aurait eu du mal à renoncer à ses bains de soleil.

Le barbecue sur la terrasse. Elle déteste l'allumer, même à l'aide du long briquet spécialement conçu à cet effet. C'est le gaz qui lui fait peur. Rien que l'odeur... Mais ce soir, elle veut manger dehors, alors, pouf! Ça y est, ça brûle, il n'y a pas eu d'explosion. L'air est doux, le soleil se couche sur le lac Ontario.

Les dangereux dîners en famille, préparés longtemps à l'avance. Noël, un anniversaire, peu importe. Inévitablement, sous l'influence de quelque bon vin, d'un digestif à la fin du repas, un de ses fils se met à la taquiner ou bien les convives s'aventurent dans une discussion sur quelque chose d'aussi grave que la peine de mort ou l'avortement. Comment, dit l'un, si jamais quelqu'un assassinait une de mes filles, il mériterait de se faire pendre! Elle essaie de répondre que la mise à mort du meurtrier ne ressusciterait pas la fille, on ne l'écoute pas. Ah, renchérit son autre fils, tu avais envie de te faire avorter au lieu de me mettre au monde? Peut-elle lui répondre que oui, qu'à l'époque elle y avait pensé, ne sachant pas comment elle allait le faire vivre?

Et voilà, elle pleure, elle se réfugie au jardin, va au parc du quartier, elle n'a pas du tout envie d'être seule, mais comment faire pour retourner dans cette maison où tout le monde a l'air déconfit? Heureusement on envoie un enfant la chercher, elle ne perd pas la face.

Au fond, elle mène une vie assez ordinaire. Elle a fait quelques voyages de durée moyenne et sans jamais aller très loin. Une carrière de comptable avec des horaires fixes. Un mariage sans tempête, un divorce à l'amiable. Au cinéma, elle évite les films d'horreur. Ce sont les petits dangers qu'elle aime et qu'elle court, ceux qui ne durent que de brèves secondes, quelques minutes au plus.

Parfois, tard le soir, elle sort faire une promenade. Le trousseau de clés dans la main, les clés insérées entre les doigts comme on le lui a appris dans un cours d'autodéfense, elle avance, le souffle un peu court. Rien. Personne ne l'a jamais attaquée ni même suivie.

Avant de se coucher, elle met son portefeuille

ou du moins quelques billets de banque sur la petite commode près de la porte d'entrée. Si jamais un cambrioleur venait, il pourrait se servir, elle n'aurait pas besoin de l'affronter. Souvent, elle se réveille aux petites heures du matin, écoute attentivement, s'imagine, invente des bruits. Toujours rien.

L'envie lui prend de s'exposer à de vrais dangers. Un voyage en Asie, en Amérique du Sud, en Afrique? Elle accumule les prospectus. Aurait-elle le courage de sauter en bungie? En parachute? De faire du patin à roues alignées? Elle pourrait se faire percer la langue, les mamelles, les lèvres de la vulve. Elle étudie toutes ces possibilités et leurs coûts, elle rêve, mais ne prend aucune décision, ne va nulle part.

Elle aimerait savoir comment elle réagirait dans un moment vraiment périlleux. Sa voisine allemande lui raconte les attaques aériennes sur sa ville natale, Berlin. Une autre, qui fait de la plongée sous-marine, lui parle de méduses géantes, de Leni Riefenstahl, cette cinéaste allemande qu'on accuse de fascisme et qui, à l'âge de plus de quatre-vingt-dix ans, fait de la plongée sous-marine avec son bien plus jeune amant qui l'a filmée alors qu'elle caressait une raie géante en nageant avec ce poisson dangereux. Une troisième a toutes sortes d'allergies et ose à peine manger. Les journaux énumèrent les viols, les agressions, les fléaux. Elle n'en fait pas l'expérience.

En plein hiver, elle fait le trajet Toronto-Montréal dans sa petite Coccinelle rouge. À l'aller, le soleil brille. Au retour, les deux cent cinquante kilomètres entre Kingston et la Ville-Reine sont pénibles. Pour commencer le monde roule à soixante-dix km à l'heure, puis à quarante et ensuite à vingt. Nombreux sont ceux qui se retrouvent dans un banc de neige ou un carambolage monstre. Elle? Rien. Elle est un peu stressée, bien sûr, mais c'est tout. On dirait que les accidents et le malheur ne veulent pas d'elle.

Elle rêve de provoquer une querelle monstre au bureau ou dans son immeuble. Elle dirait à tous ce qu'elle pense d'eux. Jacques, le collègue, est non seulement laid, mais c'est un de ces niaiseux qui rient de leurs propres plaisanteries. Enfin, plaisanterie, c'est un bien grand mot, il n'y a rien de plaisant dans ce qu'il raconte, c'est pour ça que personne d'autre n'en rit. Elle ressent une colère viscérale à l'idée de devoir l'écouter encore. Demain, oui, dès qu'il ouvrira la bouche, elle lui dira carrément qu'il n'a rien d'un humoriste, qu'il n'est qu'un pauvre type et qu'il n'a qu'à se la boucler!

Et la bonne femme dans l'ascenseur, celle du quatrième, qui semble s'asperger tout les matins d'un ignoble parfum sentant le muguet. La prochaine fois, au lieu de souffrir sans rien dire en s'efforçant de ne pas respirer, elle hurlera son mécontentement à cette guenon, lui demandera où elle peut bien trouver une telle camelote. Elle lui crachera son mépris, non, mieux encore, elle emportera l'assainisseur d'air de sa salle de bains... Pschtt, pschtt, et la bonne femme ne sentira plus ni bon ni mauvais.

Ainsi, petit à petit, elle éliminera les contrariétés du quotidien. Son courage augmentera. Oui, elle leur dira ce qu'elle pense, à tous. Que la Berlinoise cesse de se vanter des horreurs vécues il y a longtemps, que la plongeuse essaie donc de se faire alpiniste, que l'allergique bouffe jusqu'à ce qu'elle en crève. Elle-même, oui, pourquoi pas, elle se fera percer... oui, voilà, le clitoris! Puis, chaque fois qu'elle fera quelques pas, chaque fois qu'elle s'assoira, elle risquera d'avoir un orgasme, au su et au vu de tout le monde...

Oui, sérieusement, elle y pense.

L'HYGIÉNISTE[1]

En tant que figure géométrique, le triangle est fort joli. Plus complexe dans sa forme que le rectangle ou le carré, plus stable que le cercle ou le parallélogramme...

Julie y réfléchissait sans savoir comment elle en était arrivée à ces considérations. Elle n'avait jamais été forte en géométrie.

D'ailleurs, dans quelle discipline avait-elle été forte? En musique peut-être, mais à quoi bon? Rares sont ceux qui gagnent leur pain grâce à des prouesses musicales. En sciences? Ses notes avaient été bonnes sans être excellentes. Finalement, ayant bien réfléchi et plusieurs fois consulté la conseillère de l'école, Julie avait opté pour une carrière d'hygiéniste. Après les études nécessaires, sa personnalité plutôt douce, ses mains calmes et agiles, fortes et rassurantes à la fois, l'avaient aidée à se

---

[1] Cette nouvelle a paru dans *Virages*, n° 2 (été 1998).

trouver une place dans un cabinet dentaire de bonne renommée.

Elle avait loué un petit appartement, heureuse de pouvoir se distancer de sa mère silencieuse et surtout de son père si sérieux, incapable de comprendre qu'on puisse vouloir rire, sortir le soir ou simplement s'amuser. Séparée d'eux, elle se crut libre. Ses dons musicaux? Elle devint membre d'une chorale dominicale.

Le métier d'hygiéniste est paisible, bien qu'un peu dégoûtant. Il s'échappait parfois de ces odeurs de la bouche de la personne allongée devant Julie! Les meilleurs rinçages ne réussissaient pas à les éliminer tout à fait, le masque qu'elle portait ne les arrêtait pas non plus dans leur totalité.

Mais paisible. Une fois la bouche ouverte et le travail commencé, toute conversation s'avérait impraticable. Et comme Julie n'était pas bavarde, ce silence forcé lui convenait à merveille.

Oh là! Attention quand même! Les réflexions sur son occupation et sur le triangle l'avaient distraite; près de la deuxième molaire gauche du maxillaire inférieur, la gencive en avait pris un sacré coup.

Julie décida de ne plus se laisser aller à ses pensées, du moins pas durant les heures de travail. Une chance que c'était vendredi et déjà 14 h. Le cabinet fermait à 16 h. Plus que deux heures à se contrôler.

18 h. Julie a fait quelques courses. Il le fallait, il n'y avait plus rien dans le frigo. Et Robert qui venait dîner! Elle a acheté des crevettes, quelques bonnes tomates, une laitue, du pain, du fromage. Un gâteau. Robert aimait les choses sucrées. Celles-ci étaient, selon toute probabilité, la cause de ses mauvaises dents qui l'avaient conduit chez la dentiste et l'avaient finalement placé dans le fauteuil de Julie.

«Vous n'êtes pas bavarde, lui avait-il dit quand il avait de nouveau été maître de sa bouche et qu'ils avaient échangé quelques politesses, c'est bien. J'aime ça chez les femmes. J'aime qu'elles m'écoutent.» Robert préparait un doctorat en littérature comparée et se destinait au professorat. Un prof, c'est quelqu'un qu'on écoute.

Ils étaient vite devenus amis, puis amants. Julie apprenait beaucoup en écoutant Robert qui, lui, s'efforçait de la façonner à son goût. «Tu es trop sérieuse, lui avait-il dit une fois, trop timide aussi. On dirait que tu as peur de t'amuser.»

Depuis, elle s'efforçait de rire davantage, d'être plus curieuse et de profiter de toutes les sorties qu'il lui proposait. «Tu devrais rencontrer mon amie Colombine, avait-il dit encore, elle est marrante comme tout. J'aimerais que vous deveniez amies.»

Ce soir, il venait dîner. Il aurait bien voulu emmener son amie. Est-ce pour cette raison que Julie avait réfléchi sur les triangles? De toute façon, Colombine Tremblay était invitée ailleurs.

19 h. Robert a apporté un joli bouquet. Julie aime qu'on lui apporte des fleurs. Mais des colombines? La jeune femme se demande chez quel fleuriste il a pu en trouver et pourquoi il insiste tant.

Ils mangent. Julie a bien choisi les victuailles, il a apporté un bon vin. Il lui pose quelques questions sur sa journée, elle répond gentiment sans toutefois s'étendre. Évidemment, elle ne va pas se mettre à parler de ses travaux dans la bouche des gens; le sujet n'est pas de mise quand on est à table. Julie sait aussi que la plupart des gens détestent parler dentiste. Donc, elle écoute. Robert parle d'un cours de littérature qui le passionne, un cours sur l'influence du poète allemand Goethe.

«Tout le monde connaît *Faust*», affirme-t-il. Heureusement, il ne s'attend à aucune réponse: Julie serait forcée d'avouer que ce *Faust* si universellement connu lui est totalement étranger. Comme Goethe d'ailleurs.

«Et puis il y a *Le Tasse*! Et *Les Affinités électives*! Dans les deux œuvres, Goethe s'interroge sur la monogamie.»

Ah bon! Voilà où il veut en venir! Julie se crispe. Robert lui verse du vin.

«Dans *Faust*, il y a deux grands rôles féminins: Gretchen et puis Hélène, la belle Hélène!»

Julie en a un peu marre. Elle voudrait qu'il arrête de lui faire un cours, qu'il lui dise carrément et en toute franchise qu'il ne sait pas être fidèle. Soudain, une idée folle lui passe par la tête. Aurait-il envie de faire l'amour avec deux femmes à la fois?

Elle lui pose la question. Il n'en croit pas ses oreilles. Il l'embrasse avec fougue, confirme ses soupçons. Est-elle prête à suivre son amant dans toutes ses lubies? Est-elle assez forte pour participer à une telle expérience? Cette nuit-là. Robert se montre plus doux et plus amoureux que jamais. Julie conclut qu'elle a bien fait de se laisser convaincre.

Et en avant l'aventure! De quelle sorte de triangle va-t-il s'agir? Équilatéral? Isocèle? Julie se rappelle vaguement que les trois côtés du triangle équilatéral sont pareils, que le triangle scalène lui avait toujours semblé particulièrement branlant.

Elle a peur. Toute la semaine, ses instruments s'accrochent aux gencives. Le sang coule. Quelquefois les mains lui tremblent.

Mais Julie tient ses promesses. Vendredi soir, à 20 h précises, elle sonne chez Colombine où Robert l'attend déjà.

Présentations. Sourires hésitants. Un peu d'alcool, un peu de conversation sur des sujets aussi variés que le Manitoba, la Nouvelle-Écosse, le jardinage et les mœurs des pingouins. Au moins Robert s'abstient-il de discourir.

Un dîner. Colombine est bonne cuisinière, elle aussi. Un digestif. Un peu de musique. Quelques bougies. La chambre, finalement.

C'est là que le fier Robert se surpasse. D'ailleurs il n'en revient pas. Même Goethe n'aurait pu rêver à une telle scène. Henry Miller? Mais Robert n'a pas le temps de suivre les méandres de la littérature érotique. Les événements se précipitent.

D'abord, grâce à l'agilité de cet homme par chance ambidextre, les deux femmes arrivent en même temps au paroxysme de la volupté et y restent joyeusement suspendues pendant un même nombre de minutes. La parfaite harmonie, quoi!

Mais ensuite les choses se gâtent. Robert n'est pas équipé, on le sait, pour pénétrer deux femmes à la fois et ni Goethe ni Henry Miller n'auraient su lui donner de conseil. Par qui commencer? Robert hésite. Il est chez Colombine. Les règles de la politesse exigeraient qu'il explore premièrement l'intérieur de celle-ci. D'un autre côté, Julie n'en est qu'à ses débuts. Robert hésite, puis, bon gré mal gré, se tourne vers Colombine qui l'accueille les bras et le reste ouverts. Julie les regarde un moment, pour ainsi dire bouche bée.

Puis, tout à coup, elle se lève, se rhabille, se chausse, prend son sac, claque la porte de l'appartement, appelle l'ascenseur, descend au rez-de-chaussée, quitte l'immeuble. En rage. Une rage qui l'a emportée tel un vent furieux.

La nuit est fraîche. Sur le trottoir, Julie se raisonne, mais pas pour longtemps. Ces deux-là, là-haut, sont-ils en train de faire l'amour sans même qu'elle leur manque?

Julie retourne à l'immeuble, sonne chez Colombine. Personne ne répond, personne ne lui ouvre la porte. Que faire? Julie aperçoit une cabine téléphonique de l'autre côté de la rue qu'elle traverse en courant.

Vite, de la monnaie! Mais quel numéro composer? Fiévreusement, elle feuillette l'annuaire... Il y a des Tremblay à revendre... Même plusieurs C. Tremblay... Si seulement la lumière n'était pas si mauvaise!

Mais voici l'adresse, la bonne... Julie compose le 361-7050... Ça sonne... Pas de réponse. Julie raccroche, elle ne veut pas tomber sur le répondeur. Elle prend la pièce qui vient de tomber dans la sébile de remboursement, recommence l'opération... Non... Non... Ils ne vont pas la laisser ainsi, malheureuse, en larmes dans une cabine téléphonique?

Plusieurs fois, elle remet l'argent dans la fente, compose le numéro, laisse sonner quatre ou cinq fois. Aucune réaction.

De nouveau, la rage s'empare d'elle, lui conférant cette fois-ci des forces extraordinaires. La voilà qui arrache le combiné et son long cordon métallique du reste de l'appareil, puis s'attaque à la boîte de métal même. Est-ce possible? L'appareil se détache de la paroi, n'y pend plus que par un fil ou une dernière vis.

Ayant dépensé ainsi ses forces, Julie se calme. Elle hèle un taxi pour rentrer chez elle. Elle est épuisée, elle est triste. Elle se couche. En moins d'une nuit, elle a connu les affres du triangle que toutes les littératures exploitent toujours de nouveau.

Jamais elle n'en oubliera l'expérience. Elle ne revoit ni Robert, qui a changé de dentiste, ni Colombine. De toute façon, elle ne sait pas de quel côté du triangle elle aurait eu envie de se pencher. De temps en temps, durant des moments plus mélancoliques, elle se demande comment la parfaite harmonie d'un double orgasme a pu être suivie d'une telle fureur.

Pour l'instant, elle se méfie de l'amour. Elle est confuse, ébranlée, incertaine de pouvoir distinguer entre ce qui se fait et ce qui ne se fait pas, de savoir où est le bien, où le mal.

Alors, faute de mieux, elle se consacre à son travail. Mais parfois, sans qu'elle le veuille, elle se dit qu'elle aurait la force d'arracher toutes les dents de toutes les bouches qui s'ouvrent pour elle.

TOUTE DROITE[2]

«Tiens-toi droite!» disait le père à la fillette dès qu'on l'eut, à l'âge de quatre ans, sortie de sa chaise haute pour l'asseoir sur une chaise normale. «Va chercher l'annuaire du téléphone, Marie! Assise là-dessus, elle sera assez grande. Mais surtout, veille à ce qu'elle se tienne droite.»

La petite Laure avait d'abord été obéissante. Comme sa mère d'ailleurs qui n'osait contredire cet ancien militaire devenu son mari. «Le dîner, avait-il l'habitude de dire, doit être un "repas carré". On voit que vous n'avez jamais assisté à un dîner régimentaire. Tenez-vous droites, nom de Dieu! Puis, les coudes à la hauteur de la taille, portez la nourriture à votre bouche sans vous pencher et sans jamais toucher la table de vos avant-bras.» Il leur donnait l'exemple, mangeait avec des mouvements de poupée mécanique.

---

[2] Ce texte a paru, sous une forme légèrement différente, dans *Le Sabord* (numéro 35, automne 1993).

Plus tard, Laure avait appris au contact des autres enfants du village qu'on pouvait se rebeller. Elle l'avait essayé. Elle ne venait plus dès qu'on l'appelait, elle refusait d'aller se coucher de bonne heure. Pire encore, elle avait commencé à mal se tenir, à table.

Le père se crut forcé de prendre des mesures draconiennes. Un soir, au moment de se mettre à table, la famille se trouva devant des chaises dont il avait tout simplement scié les dossiers. Ce n'était pas la peine de se plaindre, les dossiers de chaises, ça ne repousse pas. Les repas au cours desquels personne n'avait jamais été particulièrement bavard se firent donc plus silencieux encore. Heureusement que Marie faisait bonne cuisine.

Quand Laure a huit ans, son père la fait monter sur un poney. «Tu vois, lui dit-il, tu sais te tenir droite, tu vas devenir bonne écuyère.» Heureuse, elle lui sourit. Elle comprend qu'il ne veut que son bien. Chaque fois qu'elle chevauche le poney venu s'ajouter aux animaux de la ferme paternelle, elle sourit, se tient droite, reçoit avec plaisir les compliments de l'homme sévère.

Elle veut faire de l'équitation et son père la soutient dans ce désir, qui sait pourquoi. Les bottes, le casque, une cravache en cuir, des leçons, rien n'est trop cher, il lui achète tout ce dont elle a besoin. Elle gagne des prix: rubans, rosettes et trophées s'amassent sur la commode de sa chambre, où trônent aussi des photos. Laure sur son poney, souriante. Laure durant un concours hippique. Au pas, au trot, au galop, cheveux noirs au vent, Laure se tient droite, comme son père le lui a si bien appris.

Finalement, il lui achète un vrai grand cheval, un cheval bai à l'allure douce. Laure l'aime. Laure lui dit tous ses secrets. Que son père bat sa mère, que celle-ci a peur de lui, tout comme Laure qui pourtant n'est pas capable de lui en vouloir, surtout depuis qu'il lui a acheté sa belle monture. Elle lui fait le poil tous les matins, change sa litière, lui apporte ses rations d'avoine, de foin et de son. Elle caresse l'animal, pose la joue contre son flanc ou bien l'oreille pour écouter les battements du cœur de son ami. Elle continue à gagner des courses, à ramasser des trophées.

Puis, un jour, c'est l'échec. Le père n'en revient pas. A-t-il trop gâté sa fille? Celle-ci a-t-elle trop dorloté le cheval? Il rage. Menace de vendre Comète, de ne plus jamais payer quoi que ce soit d'équestre. Debout, droite, Laure le toise.

«Tu ne me fais pas peur, Papa.

— Ah bon? Tu te crois plus forte que moi? Je t'apprendrai. Tu finiras par courber l'échine.

— Jamais.»

Elle a trop bien appris à se tenir droite.

Et c'est le début de la fin. Laure monte toujours à cheval, mais le cœur n'y est plus. Elle a commencé à s'intéresser à un jeune garçon, Antoine. Un vaurien, selon le père, qui interdit au jeune homme de s'approcher de sa fille. Apeuré, Antoine se trouve une autre amie, moins bien défendue. Laure devient mélancolique. Finis les premiers prix! Le père menace encore de vendre Comète.

Et un jour — Laure n'a depuis longtemps rien gagné — il exécute sa menace. Vend et le cheval et la selle. «Tiens-toi droite, gueule-t-il à sa fille, qui réussit à peine à avaler ce que sa mère lui a mis dans l'assiette, tu n'as que ce que tu mérites!» Ce soir-là, la tête haute mais le cœur brisé, Laure, tout aussi inflexible que sa colonne vertébrale, quitte la maison, emportant seulement ses photos et ses trophées ainsi qu'une belle cravache en cuir tressé.

Elle est jeune, elle n'a pas de métier. Elle se fait strip-teaseuse. C'est un travail relativement facile. Elle monte sur scène, habillée d'un costume noir à paillettes, coiffée d'une perruque blonde, chaussée de bottes à talons hauts. Dans la main, elle tient sa cravache devenue, pour ainsi dire, sa marque déposée. Les affiches qui annoncent la venue de «La Belle Écuyère», la montrent vêtue élégamment, bottée, cravache à la main, avec un beau visage sévère qui complète la tenue. De quoi éveiller les phantasmes des plus réticents! Elle descend de scène presque nue, mais pas tout à fait puisque les lois l'interdisent, et toujours la tête haute, le dos bien droit. À peine si elle sourit lorsqu'on l'applaudit, à peine si elle remercie celui qui lui offre à boire. On lui tend des billets de banque? Elle les enfonce dans le haut de ses bottes et s'en va. Elle n'a pas besoin de coucher avec les clients. Si jamais elle le fait, c'est pour son propre plaisir, pas très grand d'ailleurs.

Ses cachets et pourboires lui permettent de maintenir un petit appartement, rue Tecumseh, où elle se cuisine de bons petits plats dont elle fait des «repas carrés» tout en feuilletant des revues et des albums de photos. Elle n'invite jamais personne et personne ne l'invite. Solitaire, elle sait que sa vie n'est pas extraordinaire, mais, convaincue qu'elle n'a que ce qu'elle mérite, elle n'aspire à rien de mieux.

À quarante ans, elle trouve un emploi dans une agence de placement pour strip-teaseuses. Le patron, un Irlandais qui a vu de meilleurs jours, lui fait confiance. Laure est ponctuelle, nette et précise. Elle ne se trompe jamais en faisant les itinéraires des jeunes danseuses, elle ne demande jamais d'augmentation de salaire. Qui plus est, elle se contente de la vieille chaise en bois pourtant dure, sur laquelle elle reste assise, toute droite, à longueur de journée.

Le patron essaie une ou deux fois de lui offrir une sortie, elle hésite. Il l'invite à venir rencontrer sa mère chez qui il habite. Laure décline. Pourquoi consentirait-elle à faire la connaissance de la mère d'un homme qui en toute probabilité la laisserait tomber à la première occasion? Elle est mieux de rester seule.

Ses parents meurent. Sa mère d'abord, puis son père. Laure hérite d'une jolie petite somme d'argent. Elle achète alors un café, rue Queen ouest, assez grand pour occuper deux serveuses qu'elle surveille d'un œil sévère. Elle-même est assise à la caisse, sur un escabeau, droite et sur le qui-vive, telle une sentinelle. Quand un client vient payer sa consommation, elle lui adresse un sourire poli, sans plus. Les clients la respectent, la saluent poliment en entrant comme en sortant, fréquentent fidèlement l'établissement appelé Chez l'Écuyère. Laure aurait pu reprendre la formule de la *belle* écuyère, mais l'idée ne lui est même pas venue. À cinquante ans, la femme n'est pas belle, elle le sait, elle ne se fait pas d'illusions.

Elle continue de vivre dans son petit appartement, salon salle à manger, cuisine, salle de bains, une chambre. Un petit débarras où ranger les objets rarement utilisés. Son commerce et son compte en banque lui permettraient de prendre quelque chose de plus grand, de s'acheter une petite maison avec jardin. Mais Laure est satisfaite de son existence, ne pense pas à l'embellir. Un appartement médiocre, au troisième étage d'un immeuble gris, c'est ce qu'elle mérite. Aucune raison d'en demander davantage.

Le jour de son soixantième anniversaire, la pensée de sa propre mort l'envahit pour la première fois pour revenir par la suite à intervalles réguliers. Il lui faut donc s'en occuper. Qui d'autre, sinon elle, allait faire les arrangements nécessaires? Elle se rend chez un entrepreneur de pompes funèbres, se choisit un cercueil, puis un emplacement au cimetière, règle d'un chèque l'enterrement le plus modeste qu'on lui offre. Elle demande qu'on lui livre le cercueil. L'homme s'en étonne, lui fait remarquer qu'il s'agit d'une requête peu habituelle, mais se tait bien vite devant le visage austère de cette singulière cliente. L'objet livré et installé sur des tréteaux dans le petit débarras, Laure prend l'habitude d'y dormir. Ce n'est pas moins confortable que son lit solitaire.

Elle ne meurt pas tout de suite. Elle continue à gérer son café, sans jamais fléchir, même si les clients, de passage pour la plupart, lui déplaisent de plus en plus. Des hommes en jeans troués partout, en sweatshirts trop grands. Des homosexuels. Des lesbiennes. Des femmes en shorts, nombril au vent, grosses bottes de soldats aux pieds, accompagnées à l'occasion de leurs rejetons n'ayant jamais appris à obéir ni à bien se tenir. «Tenez-vous droits!» aurait-elle envie de crier aux enfants comme aux adultes qui se vautrent sur les banquettes et même sur les chaises dont elle aurait voulu enlever les dossiers, à la scie. Elle sourit de moins en moins, les gens oublient de plus en plus de la saluer.

Elle meurt. Ses employées se rendent compte

de son absence. Le concierge de l'immeuble leur ouvre la porte. Dans le débarras, le cercueil noir capitonné de satin blanc. Elle y gît, raide, oh, si raide! Morte sans avoir connu... quoi? La douceur? La joie? Le plaisir? Sans avoir aimé, vécu? Mais ce sont des questions qui ne se posent pas. Comme toujours, Laure impose le silence.

Aux murs, des affiches représentant la belle écuyère et des photos montrant une enfant qui galope, cheveux noirs au vent.

Sur une tablette, quelques clous, un marteau. L'entrepreneur des pompes funèbres n'aura pas besoin de se donner beaucoup de mal.

«Elle était légère comme une plume, dira-t-il plus tard, je ne l'aurais pas cru.»

LE GUELOIR

Sébastien est poète. Un bon poète. Diligent aussi, assidu. Jour après jour, il inscrit quelques vers dans un calepin noir qu'il garde, l'hiver dans une des poches de sa veste, l'été dans la poche arrière de son pantalon. Avant de se coucher, il se met devant son ordinateur, transcrit ses textes, les modifie quand il l'estime nécessaire, les imprime sur du beau papier blanc, les relit encore. L'unique tiroir de son bureau en est presque rempli.

En plus d'être poète, Sébastien a un emploi. Il le faut bien, on ne peut pas vivre de poésie. Tous les matins, il quitte donc son appartement en compagnie de sa femme Catherine, employée elle aussi.

Heureusement, ils ne travaillent pas dans la même boîte; l'intimité aurait été trop grande. Le même lit, la même penderie, la même table de salle à manger, un même bureau, un même patron...

Précisons que Catherine et Sébastien n'ont pas de salle à manger. Leur appartement est modeste: une salle de bains, une salle de séjour, une chambre à coucher. Une petite terrasse à l'arrière de la cuisine. Catherine et Sébastien sont jeunes, ils ont chacun vingt-cinq ans.

Catherine est réceptionniste pour une société commerciale. On l'a choisie pour ce poste parce qu'elle a des manières agréables, une voix douce et l'oreille fine. Au téléphone, elle retient les noms les plus difficiles, les répète sans hésiter. Pour les noter, c'est un peu plus ardu, mais elle se débrouille, vérifie dans l'annuaire du téléphone, sur la liste des clients de la maison. Une fois l'épellation découverte, elle ne l'oublie plus.

Sébastien enseigne l'informatique aux élèves d'une petite école privée pour jeunes en difficulté. Il a même développé un correcteur d'orthographe, plus astucieux que ceux que l'on trouve dans le commerce, c'est-à-dire que le correcteur de Sébastien comprend les difficultés des gens les plus désorganisés, il est capable de deviner non seulement que le mot "pose" veut peut-être dire "pause" et que "statique" pourrait signifier le contraire du mot dynamique, oui, mais aussi extatique ou statistique. Mer, mère, maire, le correcteur de Sébastien saisit les nuances contextuelles. Les élèves s'en déclarent très satisfaits, la directrice de l'école aussi, l'écriture des jeunes s'améliore à grands pas.

Catherine voudrait que Sébastien fasse breveter

son invention, qu'il s'adresse aux fabricants de logiciels pour qu'ils la lui achètent. Mais Sébastien a des soucis bien plus pressants. N'oublions pas qu'il est poète, avant tout. La commercialisation de ses idées ne le préoccupe pas, du moins pas en ce qui concerne l'informatique. Il aimerait par contre que quelqu'un publie un recueil de ses poèmes.

Quand il ouvre son tiroir pour ajouter le dernier texte fraîchement imprimé aux autres, il se dit qu'il y en a assez pour plusieurs volumes. Car il a fait des recherches. Il a découvert que la plupart des recueils de poésie ont de nos jours une soixantaine de pages, pas plus, surtout quand il s'agit de poètes encore inconnus. C'est évident, la poésie ne se vend pas bien, il faut donc qu'un recueil de poèmes soit bon marché, ce qui signifie qu'il ne peut pas avoir trop de pages, constituer une brique.

Devrait-il choisir un certain nombre de poèmes et proposer son manuscrit à une maison d'édition? Mais quels poèmes? Il faudrait qu'il y ait une certaine cohésion entre les textes, que ce soit un ensemble uni. Ou alors que la première moitié du recueil contraste avec la deuxième. Une autre possibilité serait de diviser le recueil en plusieurs parties: la partie A parlerait d'Amour, la partie B serait composée de Billets doux, C aurait pour sujet des Coïncidences. Ou alors Regards, Sons, Parfums... oui, correspondances, comme chez Baudelaire ou

Proust. Bref, les possibilités sont nombreuses, les choix difficiles.

Il ne peut pas en parler à Catherine, elle trouve un peu pénible sa façon d'explorer jusqu'aux moindres détails toutes les possibilités réelles ou imaginaires. Elle le voudrait plus impétueux, plus hardi. Elle lui dirait d'étaler un dimanche matin tous les feuillets par terre, dans le salon, et puis de faire un tri. À la fin de la journée, lui dirait-elle si jamais il lui en donnait l'occasion, le choix serait fait, les divisions s'établiraient toutes seules. Il pourrait numéroter les pages à la main, cela ne dérangerait nullement l'éditeur de toute façon habitué à un tas de choses de la part des poètes. La rédaction d'une lettre d'accompagnement ne devrait pas prendre plus d'une demi-heure. L'enveloppe serait facile à préparer, à son bureau elle avait accès à de belles enveloppes molletonnées.

Elle emporterait le tout à son travail où, durant l'heure du lunch, elle ferait des copies. Trois pour l'éditeur, une pour Sébastien et une cinquième au cas où... Puis elle mettrait la chose à la poste.

Elle ne le comprend pas quand il déclare ne pas être prêt. Comment ça, demande-t-elle, il y a au moins quatre cents feuillets dans ce maudit tiroir, qu'est-ce qu'il te faut de plus?

Il n'ose lui répondre. Car en vérité, ce qu'il lui faut, c'est un peu de solitude. Il s'est habitué tant bien que mal à écrire en présence de sa femme, son unique compagne qu'il aime tant. Mais comment lui dire qu'il a besoin d'être seul pour évaluer si ses textes sont vraiment finis, n'ont plus besoin du moindre petit changement? Que cette évaluation ne peut se faire par une lecture silencieuse?

Sébastien languit de lire ses poèmes à haute voix, d'avoir son gueuloir à lui, comme l'ermite de Croisset qui pouvait se permettre de hurler sa prose dans les allées de sa propriété, des pages entières de *Madame Bovary*, sans jamais déranger personne. Sébastien ne peut entendre ses vers que dans sa tête. Oh! il a besoin d'y aller plus fort, de faire résonner ses textes, de les projeter au loin, en toute liberté.

Le seul espace clos de l'appartement, c'est la salle de bains. La cuisine donne sur la salle de séjour qui elle donne sur une pièce qui est à la fois chambre à coucher et cabinet de travail. Au moment d'aménager, Catherine et Sébastien ont enlevé toutes les portes. Deux d'entre elles ont servi à construire leur lit: ils les ont tout simplement posées sur six cageots à bouteilles de boissons gazeuses, en plastique bleu, puis placé un bon matelas dessus. Posée sur d'autres cageots, la troisième porte sert de table de cuisine. La toile cirée jaune qui la couvre donne un air ensoleillé à la pièce. Le jeune couple, qui se dit minimaliste, se contente de peu.

Quant à la terrasse, ils la partagent avec la maison avoisinante. Il y a bien une paroi qui divise le tout en deux parties, mais ce n'est vraiment pas l'endroit idéal pour aller réciter des poèmes.

Sébastien connaît tous ses poèmes par cœur. Inlassablement, il se les répète sans vraiment les prononcer. Mais il lui semble qu'il va bien trop vite, qu'il ne réussit pas à trouver l'emphase voulue et qu'il ne peut juger de la sonorité d'un vers.

La salle de bains? Sébastien a essayé d'en faire son lieu de récitation, mais a jugé un peu singulier de s'enfermer dans un endroit aussi prosaïque pour y déclamer de la poésie. Aucune des positions qu'il pouvait y prendre ne lui a plu. Debout devant le lavabo, il se voyait dans le miroir et se trouvait l'air d'un clown. En tournant le dos au miroir, il était à contempler une chemise de nuit en satin rose, accrochée à la porte, ce qui lui avait inspiré des désirs bien précis. Il en avait oublié tous ses vers.

Le siège en porcelaine lui avait semblé dur. Il avait alors carrément enjambé la baignoire. Là, il s'était senti emprisonné, limité dans ses mouvements.

De plus, il lui fallait chuchoter ses poèmes, les murmurer, Catherine avait l'oreille si fine. Et puisqu'elle lavait ses bas et ses culottes à la main, il y avait toujours du linge en train de sécher sur le porte-serviettes et la barre du rideau de douche. Notre pauvre poète était incapable de réciter un texte devant cette lessive intime... Non, cela ne valait guère le gueuloir de Flaubert!

À l'école, on manquait de place. Les salles de classe étaient occupées du matin au soir. Aucun des employés ou enseignants n'avait de bureau individuel, ils étaient toujours trois ou quatre dans une même pièce. Pour écrire, ça allait, même si ce n'est pas trop agréable de composer un poème quand on est entouré de collègues qui peuvent, à tout moment, poser une question, faire une remarque, s'animer durant une conversation téléphonique, vouloir raconter une histoire dans tous ses détails, pousser un soupir, éternuer ou se racler la gorge.

On l'a compris. Sébastien n'est jamais seul. Dodo, métro, boulot, voilà sa vie. Pas trop désagréable, non, il ne se plaint pas, mais il en a assez de ne jamais être seul, il cherche la solitude sans toutefois vouloir offenser qui que ce soit.

À l'heure du lunch, s'il ne rencontre pas Catherine, il va parfois s'asseoir dans un parc ou bien s'y promener. Or, un jour qu'il était en train de réciter un texte, une vieille dame lui mit quelques pièces de monnaie dans la main qu'il avait tendue dans un enthousiasme déclamatoire. Prenez, jeune homme, lui dit-elle, je sais ce que c'est.

Il avait réfléchi longuement à cette phrase énigmatique, en avait laissé tomber la récitation de son poème. Depuis, le parc lui paraît moins accueillant.

La rue. Mais les gens le regardent d'un drôle d'air quand il marche, les mots à la bouche. Il y a des malades mentaux dans les rues de la ville, qui hurlent des insultes, des *fuck you* et des *fucking* à tout venant. Sébastien n'insulte personne, mais il a l'impression que les Torontois le mettent dans le même sac que ces pauvres hères à l'esprit dérangé. De telles pensées l'empêchent de faire son autocritique de poète.

Catherine a-t-elle raison? Devrait-il tout simplement choisir une centaine de ses poèmes et les expédier vers l'inconnu? Sébastien n'en a pas le courage. Et ce n'est pas seulement cela. Il les aime, ses textes, tout en doutant de leur perfection. L'idée qu'un parfait étranger pourrait les sortir de cette fameuse enveloppe molletonnée, en soupirant probablement puisque les éditeurs reçoivent, d'après ce qu'ils disent, quotidiennement un nombre inouï de manuscrits, le fait souffrir. L'homme y jetterait un coup d'œil, puis si par hasard cela lui semblait valoir la peine, il mettrait les copies dans d'autres enveloppes molletonnées pour les faire parvenir à son comité de lecture.

Sébastien imagine les membres de ce groupe, des poètes à court d'argent et d'inspiration et donc toujours prêts à critiquer les œuvres des autres. Le crayon bien taillé à la main ou derrière l'oreille, ils se mettraient, chacun dans son coin, à chercher le bien et le mal dans ses textes.

Et quel éditeur? Le Gref, l'Interligne, le Nordir,

Prise de parole, le Vermillon? Un éditeur québécois? français? Qu'est-ce qu'ils aiment, ces gens-là?

À l'école, il y a une bibliothèque assez bien fournie. À l'heure du lunch ou durant la pause café, Sébastien fouille, lit, essaie d'identifier les préférences des maisons. Les collègues commencent à le trouver peu sociable, la directrice lui en dit un mot. Alors il se rend à la bibliothèque du quartier où il doit, hélas, constater une pénurie de livres de langue française. Il aimerait fréquenter la bibliothèque d'une université, mais comme il n'est pas étudiant, il n'a pas droit à la carte qu'il faut pour avoir accès aux rayons. Ajoutons que la seule librairie francophone de la ville, où on est pourtant accueillant, a seulement un petit stock de recueils de poésie. Cela ne se vend pas, la poésie, lui dit le gérant et pour la énième fois Sébastien se sent obligé d'acheter un fascicule, au risque d'irriter tant soit peu sa femme qui préfère dépenser leur argent au supermarché et qui commence, en plus, à vouloir un bébé.

L'idée ne déplaît pas à Sébastien qui aime bien les enfants. Mais où le mettraient-ils, cet enfant? Catherine affirme que, tout petit, un bébé se contenterait de peu, lui aussi, qu'il pourrait dormir dans un tiroir de bureau, par exemple...

Sébastien se sent coincé. En attendant qu'un enfant se fasse, qu'une solution se présente, il

104

écrit. De beaux vers qu'il enferme pour le moment encore dans son tiroir si patient, dans la mémoire de son ordinateur si efficace. Un jour, peut-être, trouvera-t-il le courage de les mettre sur Internet, aux yeux du monde entier. Et tant pis alors pour la sonorité. De toute façon, lui dit Catherine, les cris et les gazouillis de son enfant devraient lui remplir le cœur.

MAMAN

Tous les jeudis, vers sept heures du soir, l'homme aux cheveux blancs fait le tour du pâté de maisons, à la recherche d'un espace libre pour garer sa voiture. Quelques minutes plus tard, le voilà à pied, devant la porte du «Bateau bleu». Il entre, se fait guider à une table. Je n'ai jamais pu déterminer avec qui il dîne. Aujourd'hui encore, je n'ai vu que sa tête et celle du garçon, l'autre personne avait dû arriver plus tôt. Les fenêtres de l'établissement sont masquées à mi-hauteur par des rideaux brise-bise en dentelle. Brise-bise, c'est vraiment ainsi qu'on appelle ce genre de rideau. J'ai demandé à ma mère. On en a comme ça à la maison, dans la cuisine.

S'agit-il d'un tête-à-tête d'amoureux? Chaque fois, le vieux arrive et repart seul. A-t-il l'air plus heureux en quittant le restaurant? Je pense que oui, mais cela pourrait tout simplement être dû à la bonne chère, au vin. Le menu de ce restaurant est impressionnant, les prix aussi. Je n'aurai jamais l'argent pour me payer de tels repas. Et des fois ça me met dans une colère effroyable. Je me vois en train de poursuivre le bonhomme sur mes patins à roues alignées. Quand il serait obligé de s'arrêter, à un feu rouge ou à une intersection, je le doublerais. Après il faudrait que je l'attende, puisque je ne sais pas où il habite.

Il rangerait sa voiture sur la voie de garage, irait dans sa maison. Je pourrais lui crever un des pneus avant de sa bagnole, c'est facile, il faut juste un canif. Le lendemain, il se casserait la gueule ou du moins cela l'empêcherait de partir dare-dare.

Je l'admets, il ne m'a rien fait, le type. Je suis simplement en colère parce que c'est un riche et que je suis sans le sou. Je ne veux pas en demander à ma mère qui se plaint tout le temps de ne pas avoir assez d'argent. Je dépense le peu qu'elle me donne à m'acheter les choses importantes: polars, magazines, disques.

Elle croit que j'aime avoir les cheveux longs, mais là, elle se trompe. Une coupe coûte environ douze dollars — la moitié d'un plat principal au «Bateau bleu». C'est cher et en plus, les cheveux, ça repousse. Autant les laisser faire. Maman pense que c'est une mode, la queue de cheval et le pantalon troué. Erreur encore. Mes jeans sont troués parce que même un jean, ça s'use. Mes chaussures, n'en parlons pas, il va falloir que je m'en trouve d'autres bientôt. Je m'habille exclusivement à Goodwill, mais là aussi, il faut que je fasse attention à la dépense. Un deux dollars par-ci, un autre par-là, tout à coup, ça y est, je n'ai plus un rond.

Les patins, je les ai piqués. Un type les avait laissés devant un *fast food* qui interdisait les patins. Je voulais y entrer pour m'acheter un hamburger quand je les ai vus par terre, dans l'embrasure de la porte. Je ne sais pas ce qui m'a pris, mais tout à coup je les avais à la main. Dieu, que j'ai filé! Le meilleur coursier n'aurait pas fait plus vite sur son vélo. Après, je les ai peints en couleur métal argenté, j'avais trouvé cette vieille boîte de peinture automobile. Ils sont méconnaissables, mes patins, personne ne pourrait me dire quoi que ce soit.

Maman a bien essayé. Elle n'a pas voulu croire que je les avais trouvés dans une poubelle. Elle m'a posé un tas de questions, puis elle a parlé de casque, de gants, de genouillères et de protège-coudes. Elle préférerait que je m'habille en bonhomme Michelin avant de chausser les objets en question! Je lui dis toujours oui et puis je fais comme bon me semble. Elle le sait, et d'ailleurs elle fait pareil. Je ne sais jamais où elle va quand elle sort. Oh, elle ne sort pas si souvent que cela, mais cela lui arrive au moins une fois par semaine, le...

Merde! Si c'était elle qui rencontre le mec du «Bateau bleu»? Mais non. Ils quitteraient le restaurant ensemble, elle se ferait raccompagner chez nous. Il me semble que je les aurais vus. À moins qu'ils aillent chez lui pour... Non! Je ne veux pas réfléchir à cela.

Je l'entends lui raconter qu'elle ne peut pas marcher dans la rue avec lui, parce que son fils y passe beaucoup de temps et risquerait de les voir. L'homme en rit: «Ton fils? Toujours dans la rue? Et juste devant le restaurant? Voyons, tu me racontes des histoires!» Mais elle insiste, promet de le retrouver quelques coins de rue plus loin. Elle ne veut pas être vue en sa compagnie. Oui, oui, elle aussi a envie... Toutefois il faudrait qu'elle soit rentrée avant minuit, en taxi... Son fils... Ils décident qu'elle prendra la porte arrière du restaurant, ce qui l'obligera à passer par la cuisine.

Le garçon lui indique le chemin de sa voix mielleuse, regarde sévèrement le personnel cuisinier qui se pose des questions. Elle est belle, ma mère, remarquablement belle. Elle rejoint le mec à quelques rues de là...

Je suis bête. Je devrais m'arrêter de bâtir des histoires sans queue ni tête. Je vais aller voir si Maman est à la maison.

Mais je le sais d'avance. Elle n'y est pas. Elle n'y est jamais, le jeudi soir. *Fuck*! Où est-elle?

Il va falloir que je la surveille. La première chose à faire, ce serait de fouiller dans sa collection de pochettes d'allumettes. Si j'en découvre une seule venant du «Bateau bleu», je la questionnerai sur ses fréquentations.

Ensuite il faudrait regarder dans son sac, ce compagnon éternel qu'elle traîne partout. Les femmes sont tellement attachées à leurs sacs, on doit pouvoir y trouver les traces de leurs plus sombres secrets. Son agenda! Les jeudis à vérifier! Elle est incapable de planifier quoi que ce soit sans l'y inscrire.

Si jamais mes soupçons étaient fondés, qu'est-ce que je ferais? Le mec, c'est facile, il se retrouverait les pneus crevés. Mais elle?

Pour commencer, je l'empêcherais de sortir. Le mercredi, je remplirais la corbeille à linge. J'apporterais celui des autres, de mes copains, des vieilleries de chez Goodwill, pour qu'elle ait du travail par-dessus la tête. Je mettrais du chewing-gum tout mâché au fond des chaussettes, des kleenex dans les poches des pantalons. Elle deviendrait folle. Je lui reprocherais d'avoir rétréci un pull, laissé les peluches s'accrocher à un autre. Elle n'aime pas que je la critique.

Je m'arrangerais pour que les choses aillent mal, dans la cuisine. Pendant qu'elle serait dans la salle de bains, je monterais le feu sous tout ce qui mijote, puis ça cramerait, l'alarme qu'elle déteste se mettrait à sonner. Plus tard elle devrait frotter ses casseroles. Elle serait désespérée, furieuse contre elle-même. Je ferais semblant de dormir, elle ne me soupçonnerait de rien.

Je trouverais d'autres astuces. Je tripoterais ses chaussures noires, à talons hauts, de façon à ce que le talon gauche se détache au premier pas. J'entaillerais les lanières de ses sandales dorées. Un pas, deux pas, et puis, crac, elle ne pourrait plus avancer. J'enlèverais des dents aux fermetures éclair de ces vêtements. Génial, ça! Elle ne réussirait plus à les fermer. Elle s'énerverait à essayer une robe après l'autre, elle manquerait son rendez-vous.

Au fur et à mesure, il me viendrait d'autres idées. Je ferais semblant d'être malade pour qu'elle me soigne. Je commettrais des délits, on m'arrêterait, elle serait convoquée au poste de police. C'est elle qui se sentirait coupable.

Ou alors je me mettrais à fréquenter une secte religieuse quelconque, d'inspiration orientale, tiens, ça l'inquiéterait. Je me raserais le crâne, je me trouverais des vêtements orange. Elle se mettrait à m'épier, à me suivre. Le jeudi, je prendrais un bain, je m'habillerais tout en chantonnant les louanges de Krishna. Elle n'oserait pas me laisser seul. Au «Bateau bleu», son vieil amoureux l'attendrait en vain...

Si jamais c'était vrai, si ce bonhomme était son amant, je me jetterais sous un train, sous un camion, n'importe quoi. J'avalerais tout ce qu'il y a dans l'armoire à pharmacie de notre salle de bains, pilules, sirops contre la toux, antiseptiques, rince-bouche et gouttes auriculaires. Je me couperais les veines, je mettrais du sang partout, jamais les taches ne s'effaceraient, elle s'en repentirait pour le restant de ses jours.

Jeudi, 21 janvier, huit heures et demie.

Je vais descendre m'installer en face de la porte arrière du «Bateau bleu», dans cette allée mal éclairée où une personne comme ma mère ne devrait pas s'aventurer. Je l'attendrai. Malgré le froid, malgré la peur qui s'empare de moi dès que je suis seul, dehors, la nuit. Oh, je ne risque pas grand-chose. Elle viendra, ce ne sera pas long, pas assez pour mourir de froid. Et même...

LA VOIX

La voix entre en ondes à six heures du matin, le samedi. La ville n'est pas encore éveillée. Je rentre du travail, fatigué d'avoir passé la cireuse sur le sol déjà si brillant des couloirs de la tour aux vitres miroitantes de la Banque royale, mais je ne peux pas dormir, il faut que j'écoute cette voix qui ne me quittera qu'à midi. Elle m'emmène où bon lui semble et je me laisse aller, lui permets de me porter. Je la suis dans ses excursions comme d'autres suivent le prêtre dans son sermon.

Le temps qu'il fait. Les concerts, les livres, les pièces de théâtre, les expositions. Aucun livre ne semble fastidieux, aucune galerie sans intérêt. L'envie d'aller voir tel ou tel spectacle me prend, moi qui ne lis pas, qui ne fréquente ni théâtre ni salle de concert.

Une entrevue maintenant. C'est l'invité qui parle, la voix l'incite à se dévoiler. Puis elle escalade une montagne de renseignements, les transmet à ceux qui l'écoutent. La météo encore. La tempête de neige est menaçante mais ne durera pas longtemps.

Des chansons, des morceaux de musique classique. La voix s'éclipse, j'attends qu'elle revienne, qu'elle soit de nouveau mienne, captive dans le monde étroit de mon appartement que je ne quitte que le soir pour aller travailler.

La guerre quelque part dans le monde. Des accidents. Des actes de terrorisme. La voix lit les nouvelles sans faire de commentaire, sans y mettre d'émotion. Ce n'est plus elle, c'est Radio-Canada que j'écoute. Puis elle revient, parle de ses découvertes de choses à faire dans la ville. Mon logement m'en paraît plus ensoleillé.

Combien de fois ai-je écouté cette émission? Combien de fois me suis-je dit que cette voix parfaite, chaude, riche ne s'adressera jamais à moi, personnellement?

Pourtant, j'ai envie de la connaître, la femme derrière cette voix. J'aimerais qu'elle me parle, rien qu'à moi.

Chaque samedi, on donne son nom. La première fois que je l'ai entendu, j'ai consulté l'annuaire. J'ai trouvé son adresse, son numéro de téléphone. Je l'ai appelée une fois. Pourquoi me serais-je gêné de pénétrer dans son domicile, alors que tous les samedis elle remplit le mien? Un message très sec sur le répondeur: Désolée, je ne peux répondre à votre appel, laissez-moi un message ainsi que votre numéro, je vous rappellerai dès que possible. Je n'ai rien fait de tel. Je n'avais rien à dire.

J'ai vu sa photo dans un magazine. Qu'elle est jeune! J'ai découpé l'image pour la mettre sous verre. Mais le portrait est resté muet, je parlais à ce visage sans qu'il y ait de réponse, la femme continuait d'avoir un sourire bêtement confiant. Je lui mettais des mots dans la bouche, ils ne semblaient pas lui convenir.

J'ai cessé de la regarder. J'ai mis le tout dans le tiroir inférieur de ma commode, sous de vieux t-shirts que je ne porte plus. Je devrais l'oublier.

Elle n'habite pas loin de chez moi, je pourrais m'y rendre à pied. Je n'ai pas encore osé le faire.

Est-elle mariée? Amoureuse? Y a-t-il un enfant qui l'attend chez elle, à midi ou peu après, le samedi? Vit-elle encore avec ses parents? Mais pourquoi suis-je en train de me poser ces questions anodines? Ça m'est égal ce qu'elle fait le soir, le dimanche ou les autres jours de la semaine, il n'y a que son samedi matin qui m'intéresse, sa voix.

Je marche le long de la rue Front. Voici le bâtiment immense d'où partent ses paroles. Voici des gardiens chargés de sa sécurité. Vous avez rendez-vous avec qui, Monsieur? Quel est votre nom? Elle vous attend? Non? Attendez, je vais l'appeler.

Je me sauve. Et je réfléchis. L'édifice a quatre

portes. Aujourd'hui je vais monter la garde à la porte sud, samedi prochain à la porte nord et ainsi de suite jusqu'à ce que je l'aperçoive.

Je veux seulement lui parler. Je veux qu'elle s'adresse à moi, directement, sans qu'il y ait de distance entre nous, je veux qu'elle me regarde en me parlant, qu'elle voie que je suis petit, laid, gros à faire éclater mes vêtements. Me trouvera-t-elle répugnant? Refusera-t-elle de causer avec moi? Ce ne sera pas nouveau. J'ai l'habitude que les voix des femmes s'étranglent en ma présence. Celle-ci, sera-t-elle différente?

J'ai peur. Pour elle, pour moi. Je ne veux pas faire de mal à cette femme, non, tout ce que je lui demanderai, c'est de m'écouter, de me laisser la toucher, peut-être, de me dire que je suis un homme qu'on pourrait aimer.

FIDÉLITÉ

Michel et Marianne aiment les animaux. Mais au moment de leurs fiançailles et après y avoir bien réfléchi, ils se sont promis de ne jamais accueillir ou acquérir un animal domestique. Cette décision était le premier compromis parmi tous ceux qu'un couple doit accepter s'il veut vivre heureux.

Marianne a grandi dans une maison où l'on accueillait volontiers les chats perdus. Il y en avait toujours au moins trois en résidence. Mais Michel supporte mal l'idée d'un chat faisant ses besoins dans une boîte placée dans un coin.

Quant aux chiens, Michel va parfois à la chasse et un épagneul, par exemple, pourrait lui être utile. Or, Marianne est convaincue que les chiens rapportent toutes sortes de saletés et de microbes à la maison. D'après ses observations, ils passent leurs promenades à renifler soigneusement les urines et les excréments de leurs confrères et s'arrosent parfois les pattes en pissant.

Des poissons dans un aquarium? Sans intérêt! D'autres animaux — serpents, cochons vietnamiens, oiseaux ou tarentules? Le couple n'y a même pas pensé.

Ils attendent leur premier enfant et en sont heureux. Quoi de plus émouvant qu'un nouveau-né?

Après la naissance de Sabine, en juin, Marianne décide de ne pas travailler pendant une année. Elle avait pensé reprendre l'enseignement en septembre, mais elle est si heureuse de s'occuper de ce petit être qu'elle est incapable de s'en séparer. Elle retournera au travail quand sa fille aura quinze mois, ce sera alors plus facile de la confier à une gardienne.

Michel est d'accord. Ils devront se serrer la ceinture un peu plus, mais ce ne sera pas la fin du monde. Pas un moment il ne regrette ce beau bijou en or massif qu'il a offert à une Marianne toute souriante, couchée sur un lit d'hôpital, leur poupon adorable dans les bras.

Le cadeau, une chaîne ornée d'une série d'animaux sauvages en miniature — lions, chameaux, singes, gazelles et éléphants — est le travail d'un orfèvre kenyan installé depuis peu à Toronto, mais déjà connu pour ses bijoux à la fois ethniques et sophistiqués. Le chasseur en Michel avait été touché par les animaux. Il sait bien qu'il ne pourra jamais se permettre de participer à un de ces safaris si dispendieux et que de toute façon ces bêtes-là sont maintenant protégées par la loi, mais enfin, il n'est pas défendu de rêver un peu.

La petite Sabine grandit, une ravissante Sarah vient lui tenir compagnie deux ans plus tard, suivi de près d'un garçon appelé Emmanuel.

Un an après cette dernière naissance, Marianne reprend l'enseignement dans une école primaire où, l'un après l'autre, ses enfants viendront la rejoindre.

Il faut admirer cette jeune femme pour sa persistance. Durant les années où elle n'a pu enseigner, elle a suivi diligemment des cours de photographie, rien que pour mieux photographier les membres de sa famille. À côté de cet apprentissage effectué par plaisir, elle a étudié en vue de l'obtention d'une maîtrise en pédagogie et d'un certificat en administration scolaire. Michel est fier d'elle. Elle réussit tout ce qu'elle entreprend! Elle a même pris la décision de s'inscrire à un programme de doctorat. Sans doute lui confiera-t-on un jour la direction d'une école.

Marianne est heureuse. Ses enfants sont beaux et intelligents, elle a un mari attentif qui partage les tâches ménagères avec elle, qui n'oublie jamais de lui apporter des fleurs pour la fin de semaine et qui ponctue toutes les fêtes en lui offrant un bijou du Kenyan.

Michel a progressé lui aussi de façon remarquable dans sa carrière d'ingénieur. Est-ce parce qu'il n'a jamais pris de congé parental, ni de congé de maladie? En tout cas, il est devenu l'adjoint d'un des vice-présidents d'une compagnie qui se spécialise dans les installations hydroélectriques, ce qui le force souvent à se déplacer. Michel n'a jamais encore quitté le continent nord-américain, mais il espère bien aller en Afrique, un de ces jours, songe à un safari-photo.

Marianne supporte bien ses absences, surtout depuis que leurs deux salaires leur permettent d'engager une aide familiale comme il faut. Elle a donc le temps de travailler à sa thèse de doctorat portant sur les enfants de parents désunis. C'est un sujet qui la passionne presque autant que la photographie. C'est qu'elle en rencontre, des enfants en désarroi devant le divorce de leurs parents, devant les remariages et les nouveaux échecs. Ses recherches contribueront à l'élaboration d'une pédagogie adaptée à leurs besoins.

Deux fois par année, la famille voyage. Ils vont toujours à la mer. Les parents travaillent tellement qu'ils n'ont qu'une envie: se coucher sur du sable chaud. Faire de l'alpinisme, du ski? Pas question, c'est la plage qu'il leur faut. Un casse-croûte à midi, un bon repas le soir. Des vacances de tout repos. Ils prennent des livres, ils lisent, ils se parlent, les enfants construisent des châteaux de sable, s'occupent d'une façon ou d'une autre. Marianne photographie: mari, enfants, sable, eau, petits oiseaux, crabes et méduses.

À part le travail et les vacances, pourrait-on dire, il ne se passe pas grand-chose dans cette famille sans histoires. Oui, mais...

Comment ça, oui mais? Michel serait-il coupable de quelque infidélité? Aurait-il été assez stupide pour offrir les mêmes bijoux à une collègue? Marianne et cette femme se seraient-elles rencontrées lors d'une réception? Elles se seraient parlé et auraient découvert le secret, la double existence de Michel?

Non. Le pauvre homme a bien trop de travail, il a à peine le temps de s'occuper de sa famille et n'a point envie de se compliquer l'existence.

Non, mais... Un jour le petit singe en or se détache du collier, Marianne se donne un mal fou pour le retrouver, elle est désespérée, c'est l'animal qui avait tellement plu à Emmanuel. En prenant le sein, le petit s'était toujours cramponné au singe. Comme ils en avaient ri, surtout qu'avec ses cheveux noirs leur fils semblait la preuve vivante des théories de Darwin.

Marianne a besoin de retrouver le singe, le cherche partout. À la maison, dans son bureau de directrice, dans les toilettes des enseignants et dans la salle de réunion. Rien. Elle affiche une petite notice au babillard, promettant une bonne récompense. Rien.

Chez elle, pas de succès non plus. Marianne,

ses filles et la bonne font un grand ménage, chaque tapis est retourné, examiné à la loupe, elles enlèvent les coussins et les dossiers de tous les fauteuils et des trois sofas, Sabine regarde dans toutes les poches de tous les vêtements de sa mère. Rien.

La veille d'un départ de vacances, voilà que Marianne trouve le petit singe dans sa valise bleue. Ouf! Quel soulagement! Au retour, elle ira chez le bijoutier faire réparer son collier.

Omar est beau. Il a les mains fines, un magnifique sourire. Il fait asseoir Marianne dans son studio pendant qu'il répare le bijou. Il lui parle des animaux menacés d'extinction par les braconniers, les jardins zoologiques, les cirques. Il se déclare heureux que les caméras et les appareils photographiques aient remplacé les fusils.

Dans un mois, il retournera dans son pays, non, pas pour de bon, mais pour photographier les animaux, il lui faut des images, il a envie de faire de la sculpture, il en a un peu marre de l'orfèvrerie. Les photos l'aideront à étudier plus à fond l'anatomie des animaux.

«Moi, dit Marianne, j'adore la photographie. Et j'aime vos bijoux... Je les porte depuis si longtemps... Ma fille aînée a seize ans...»

Omar ne comprend pas ce que ses bijoux ont à faire avec l'âge d'une jeune fille qu'il ne connaît même pas.

«Depuis sa naissance, mon mari m'en offre.»

Omar se souvient de son client fidèle, pense

à tous les bijoux que Michel a achetés chez lui. Mais sa femme...

Le collier réparé, Omar se tient derrière Marianne, veut l'aider à l'attacher. Et tout à coup, sans qu'ils sachent comment cela est arrivé, les voilà dans les bras l'un de l'autre.

Une aventure? Une petite liaison de quelques semaines? D'habitude si prête à accepter des compromis, Marianne découvre qu'elle n'a jamais vraiment aimé les demi-mesures. Michel aura beau s'étonner des conséquences de ses achats de bijoux, sa femme le quitte pour le bijoutier. Elle obtiendra un congé sabbatique, achètera quelques objectifs supplémentaires et s'embarquera pour la chasse aux images.

Rentrera-t-elle un jour au foyer? Michel décide de l'y attendre patiemment, en compagnie des enfants dont il se voit obligé de prendre soin. Ce ne sera pas trop dur, ils sont assez grands.

Les fiançailles et leurs promesses, les accords et les ententes sont, pour le moment du moins, oubliés. Michel en est désolé. Est-ce pour se consoler qu'il achète un jeune chien, un bel épagneul tout doux?

Deux fois par jour, il le promène. Le soir, quand Emmanuel a fini ses devoirs, ils y vont à trois. Quand le chien sera un peu plus âgé, ils iront à la chasse aux canards avec lui. C'est du moins ce qu'ils espèrent. Devenu un peu plus sceptique, Michel apprend à son fils qu'en dépit des apparences on ne peut jamais compter sur rien. Emmanuel en rit. Il court avec le chien, lui lance balles et frisbies.

«Ne t'en fais pas, Papa, dit-il à celui-ci, Maman reviendra. C'est comme avec mes copains...»

Michel écoute. L'absence de sa femme le tourmente telle une fine épine de cactus invisible sous la peau du doigt.

«Parfois on se parle pas pendant des semaines, on se trouve d'autres amis, puis on redevient amis.»

Michel voudrait être aussi optimiste, mais il en est incapable. D'un autre côté, il ne veut pas non plus dissiper les illusions de son fils. Devrait-il prendre un fusil et aller faire la chasse aux infidèles? Baigner toute la famille dans leur sang?

Michel n'aime pas la violence. Après la promenade, il se verse un bon whisky et analyse, seul ou avec ses enfants, les dernières photos envoyées par Marianne: lions, chameaux, singes, girafes, gazelles, hippopotames et éléphants. Étrange fidélité, pourrait-on dire.

TRANSFORMATION URBAINE

Autrefois, Céramique était une petite ville paisible au bord d'un très grand lac comme il y en
a seulement en Amérique du Nord. Doubs-sur-
le-Lac: quelques immeubles, à quatre, cinq ou
même six étages, beaucoup de maisons indivi-
duelles, quatre écoles séparées selon les deux
religions et les deux langues officielles, le tout
agrémenté d'une profusion de jardins publics.
Une population sans histoires ou presque. Paisible, Doubs se vantait même d'avoir accueilli
quelques artistes, peintres et sculpteurs, venus
s'installer ici parce que les paysages et le climat
particulièrement doux les attiraient. Depuis,
des tableaux à l'huile, accrochés au mur derrière les sofas à trois places, rappelaient les
belles couleurs de l'automne ou bien les cou-
chers de soleil se reflétant dans les eaux du lac.

Les sculpteurs, eux, avaient connu moins de
succès. Certes, la ville avait acheté un beau
mémorial aux morts de la Grande Guerre et

projetait d'y ajouter un bas-relief dans le cas d'une autre. Dans certains jardins et squares publics, elle avait placé des sculptures représentant des animaux de la région — canards, oies, chevreuils etc. — tous inoffensifs; il ne fallait pas perturber les enfants. Quant aux habitants, travailleurs et prospères, ils hésitaient à mettre dans leurs salons des sculptures d'animaux qui n'y auraient pas été à leur place, ou des figures humaines plus ou moins indiscrètes. Imaginez, pour une petite minute seulement, une statue telle que le *David* de Michel-Ange, dans un intérieur bourgeois, visant dans toute sa splendeur masculine et du haut d'un socle, ces dames et ces messieurs. Ou peut-être une femme, nue comme la *Vénus de Milo*. Non.

Certains commerçants avaient poussé l'audace jusqu'à commander, pour la salle de leur conseil d'administration, le buste du fondateur de la maison ou de l'usine, mais ces quelques commandes ne pouvaient à la longue nourrir personne. Fallait-il se tourner vers l'art abstrait? Donner à de petits blocs de marbre des formes géométriques essentiellement neutres? Ça n'avait guère marché. Un tableau représentant un coucher du soleil ou des bois flamboyant de couleurs, ça se comprend tout de suite, nul besoin d'en discuter. Tandis qu'un marbre de forme inhabituelle peut paraître inquiétant et risque de déranger la paix intérieure si désirable d'un coquet salon.

Les sculpteurs avaient donc abandonné la pierre et le marbre et s'étaient tournés vers une richesse du sol facile à extraire et à travailler. En effet, la terre autour de Doubs-sur-le-Lac recelait une argile de qualité dans laquelle on pouvait fabriquer de beaux objets décoratifs et parfois même utiles aux ménagères. Tournoirs, payens, palettes et razettes avaient remplacé maillets, hoguettes et ciseaux.

Le nouvel art avait fleuri au point où la ville avait, un beau jour — c'était après la Grande Dépression — décidé de changer de nom pour marquer le fait que de plus en plus de touristes venaient y acheter figurines et assiettes, chandeliers et poubelles de table.

Le changement de nom ne s'était fait qu'après de longues délibérations. Car la décision de baptiser la ville en l'honneur de son sol et de son artisanat avait soulevé des passions sans pareil. Notons qu'il ne s'agissait point d'une querelle linguistique mais plutôt de rivalité professionnelle.

Quel nom donner à la ville? Il y avait les partisans du nom de Céramique et d'autres qui se prononçaient pour celui de Poterie. Tout le monde avait eu voix au chapitre et les voix avaient été plutôt tonitruantes.

C'est qu'il y avait, dans cette ville, des potiers orientés vers un artisanat simple aux produits utilitaires, et des céramistes plus ambitieux, tournés vers l'ornementation et le décoratif. Ceux-ci faisaient remarquer que la poterie s'ébrèche facilement. Ceux-là parlaient d'arrogance, citant la fable de La Fontaine, «Le pot de terre et le pot de fer», bien qu'il n'y ait aucun ferblantier d'impliqué. À quoi les céramistes avaient répondu en parlant des cérames, ces vases grecs en terre cuite, de Céramique même, un quartier au nord-ouest de l'ancienne Athènes et qui renfermait l'agora. Ce dernier argument avait convaincu les politiciens.

Les peintres, qui avaient du mal à vendre leurs toiles puisque la plupart des familles en possédaient déjà au moins une, avaient vu ici une merveilleuse occasion de se recycler. Ils s'étaient mis à fabriquer écriteaux et panneaux, à transformer les en-têtes et les sceaux, les titres des journaux, tout, en un mot. Le moindre couvercle de boîte d'allumettes devait arborer le nouveau nom. Les imprimeurs gagnaient plus d'argent que jamais, bref, la prospérité régnait dans plus d'un métier.

Les années s'écoulèrent. Les potiers et les céramistes continuaient à fabriquer les objets de leur choix. S'il est vrai qu'une assiette s'ébrèche, il est vrai aussi qu'il faut la remplacer de temps à autre. Et la dame qui commence par l'achat d'une modeste figurine peut finir par en faire collection.

Les potiers inventaient de nouveaux modèles: leurs tasses avaient tout à coup des anses en forme de lézard, leurs saladiers arboraient des feuilles d'acanthe en bordure, leurs assiettes changeaient de couleur et de forme. Il y en avait qui étaient triangulaires.

Les céramistes, eux, expérimentaient avec des scènes ou groupes de personnages : une dame élégamment vêtue assise devant un piano à queue, une autre sur un sofa avec ses enfants, tous très mignons, et un petit chien de race. Ce genre de portrait se vendait particulièrement bien.

Les potiers se mirent alors à accuser les céramistes d'imiter les motifs de la célèbre porcelaine de Saxe. Les céramistes répliquèrent en faisant remarquer une certaine facilité, voire grossièreté de fabrication, des travaux des premiers.

La ville n'était plus la même. Après la Seconde Guerre mondiale, des gratte-ciel s'étaient élevés un peu partout, étincelants de leurs murs en verre. À l'instar du chemin de fer, des autoroutes couraient maintenant le long du lac, des ordures s'y déversaient, sa beauté bleue, pointillée de voiles blanches, n'était plus que superficielle. Et il fallait partir en excursion pour aller chercher de l'argile le long de ses rives. Un commerçant en avait d'ailleurs fait son profit, lui qui fournissait la matière première aux potiers comme aux céramistes.

Puis, un beau jour, un conseiller municipal, époux d'une céramiste, eut la brillante idée de transformer un vieux manoir en musée voué à l'histoire et l'étude des objets en terre cuite. «Vous comprenez, dit-il, notre ville se doit la mise sur pied d'une telle institution. Cette terre, qui est la nôtre, ces humbles créateurs qui œuvrent parmi nous, méritent que nous les reconnaissions à leur juste valeur et que nous leur témoignions notre gratitude en créant, à notre tour, le lieu où leur art pourra être célébré de façon permanente.» Sa proposition, qu'appuyait sans hésitation le mari d'une potière, fut acceptée à l'unanimité. Une deuxième, proposée par le mari de la potière, suggéra qu'eut lieu, pour inaugurer le musée, un Salon de Céramique, céramique avec majuscule afin d'établir sans aucun malentendu possible qu'il s'agissait d'un salon organisé par la ville du même nom. Il fallait à tout prix éviter que les adeptes de l'art de la poterie se sentent exclus. Mais il fallait un Salon. «Toute ville qui se respecte, s'écria ce conseiller, se doit d'offrir un Salon à la communauté, que ce soit un Salon du livre, de l'automobile ou des arts ménagers.» Il se dépêcha d'ajouter qu'il n'avait point voulu insinuer que poterie et céramique faisaient partie des arts ménagers.

Comme les deux métiers s'étaient depuis quelque temps presque totalement féminisés et que les hommes s'y intéressaient de moins en moins, les deux épouses devinrent les organisatrices du Salon. Pour commencer, elles convoquèrent une assemblée des artistes de la terre glaise, assemblée au cours de laquelle de perspicaces observateurs se rendirent compte qu'un abîme profond et infranchissable séparait les deux camps. Le choix d'un logo s'avéra particulièrement difficile et prit des semaines. Mme Sabatier, une céramiste assez grassouillette, faillit s'évanouir devant l'énergie dont Mme Huet, potière non moins grassouillette, faisait preuve au cours de ce débat. Mme Sabatier voulait un logo très élégant, éthéré, alors que Mme Huet cherchait à faire voir la relation entre beauté et vie quotidienne, entre femme et artisanat, entre la terre et le terre à terre, la sensualité et le plaisir de l'objet bien fait.

Qui aurait pu dire avec précision pourquoi elles se disputaient? Qui au fond savait ce qui distinguait céramique et poterie? Il y avait bien deux ou trois universitaires qui se penchaient assidûment sur la question, mais le commun des mortels n'y voyait aucune différence sinon de prix.

L'une avait des principes politiques, l'autre se réfugiait dans l'esthétique. Celle-ci accusait celle-là de préciosité ridicule, celle-là parlait de manque de grâce et de féminité. Chacune avait son entourage, ses partisanes. Les maris de ces dames se plaignaient de ce qu'on les négligeât, les enfants devenaient indomptables, les fondations de la ville tremblaient, surtout quand le Conseil municipal se réunissait pour entendre des rapports sur le progrès du musée et le plan d'action du Salon. Pour le musée encore, ça allait, puisqu'il y avait surtout des maçons, des charpentiers et des menuisiers qui y travaillaient et ces hommes avaient l'habitude de s'exprimer avec mesure. Quant au Salon, ces dames avaient du mal à s'entendre.

Le logo, créé sur ordinateur, n'avait rien de fulgurant. Telle Aphrodite, une potiche gracieusement ornementée remontait des vagues du lac bleu et semblait s'approcher d'une rive argileuse. Cet emblème ne satisfit personne, mais comme il avait coûté cher, tout le monde cria merveille.

La question de la disposition des stands restait à régler et s'avérait particulièrement difficile. Épuisées toutes deux par de longues délibérations parfois houleuses — des visages et des cous cramoisis laissant craindre des crises cardiaques, des bajoues tremblotantes, des yeux rougis, des bouches crispées, des insultes camouflées mais tranchantes — Mme Sabatier et Mme Huet avaient dû se contenter de séparer céramique et poterie par des allées arborant des tapis dans lesquels on avait fait tisser le fameux logo, à la joie et au profit du spécialiste de l'informatique.

Chaque artiste ou artisan allait pouvoir exposer trois œuvres. Tout semblait finalement s'arranger de façon convenable sinon à l'amiable, et la collaboration entre les deux dames allait bon train. Mme Huet avait même convaincu sa collègue — occupée à créer l'œuvre exemplaire qui, espérait-elle, allait lui rapporter un premier prix — de lui confier le choix de quelques artistes étrangers dont les œuvres agrémenteraient le grand hall d'entrée du musée.

Le jour où Mariette Huet présenta la liste de ces artistes au Comité d'organisation, Célestine Sabatier présidait. Puisqu'il s'agissait de noms pour la plupart étrangers, personne ne s'aperçut que la compilatrice n'y avait mis que des noms de femmes. Y figuraient parmi d'autres:

Fede Galizia (1578-1630), *Nature morte avec pêches dans un plat de porcelaine;*

Giovanna Garzoni (1600-1670), *Plat avec des flageolets;*

Louise Mouillon (1610-1696), *Nature morte, cerises, fraises et groseilles;*

Clara Peters, (1594-1657), *Nature morte* (poulets, tourtière, olives);

Luisa Ignacia Roldan (1656-1704), *Mort de Marie-Madeleine* (polychrome, objets en terre cuite);

Anna Vallayer-Coster (1744-1818), *Nature morte* (bouteille, pot en grès, bol);

Margaretta Angelica Peale (1795-1882), *Nature morte avec pastèque et pêches;*

Claude Raguet Hirst (1885-1942), *Nature morte* (tabatière en céramique);

Paula Modersohn-Becker (1876-1907), *Nature morte, en bleu et blanc* (porcelaine).

Et, pour clore:

Judy Chicago (1939-), *The Dinner Party.*

Le comité s'étonna devant tant de natures mortes. Mme Huet expliqua qu'il s'agissait de tableaux à l'huile représentant des objets en poterie ou en céramique. Elle ajouta que ces tableaux orneraient bien entendu les murs du grand hall et laisseraient ainsi la place à la *Dinner Party* de Judy Chicago, œuvre qu'elle décrivit — la coquine! — comme une grande table richement dressée avec des plats en céramique. Elle montra rapidement quelques diapositives et accepta les félicitations générales, y compris celles de Mme Sabatier.

L'exposition coûta cher à la ville. Mais les touristes, pour la plupart du genre féminin, affluèrent en grand nombre, surtout pour voir l'œuvre de Judy Chicago, cet hommage aux femmes connues, inconnues et méconnues, hommage illustré, on le sait, par des motifs essentiellement vaginaux. Il fallut prolonger la durée de l'exposition, des autocars venus de partout déchargeaient toujours de nouveau des touristes curieuses. Il y eut des tables rondes où l'on discuta céramique et poterie, des exposés savants sur l'art de la céramique, si féminine, sur la relation entre l'art et l'histoire, l'art et la sexualité, l'art et la politique. Chaque orateur ou oratrice félicita Céramique du courage dont elle témoignait par son initiative. Les hôtels étaient bondés, les restaurants devaient mettre des tables sur les trottoirs, bref, bon gré, mal gré, la ville dut accepter son rôle de centre culturel important et progressif.

Mmes Huet et Sabatier ne se parlèrent plus jamais. En voyant la fameuse *Dinner Party*, celle-ci n'en avait pas cru ses yeux. Elle avait dû regarder de près, de si près qu'en se penchant elle en avait attrapé mal au dos, un mal passager mais qui revenait chaque fois que la pauvre dame entendait des mots comme «dîner», «party», des noms tels que «Judy» ou «Chicago». Comme ce sont des mots et des noms fréquents, Mme Sabatier finit par s'isoler de plus en plus dans son atelier de céramique où, à sa grande surprise, des motifs vaginaux envahirent ses vases. Une bonbonnière surmontée d'un clitoris en érection la choqua particulièrement. Elle s'en évanouit. Plus tard, elle prit plaisir à en modeler d'autres.

Son mari dut s'habituer à dîner seul et de plus en plus mal. Prise d'une passion créatrice de plus en plus tyrannique, produisant des œuvres invendables, sa femme ne complétait plus le maigre salaire du fonctionnaire. La suite est facile à imaginer: une femme qui modèle dans de l'argile coûteuse des objets de plus en osés, allant même jusqu'à fabriquer des groupes... Un mari délaissé et affamé. Une maison envahie par les objets en question...

Quant à Mme Huet, ses assiettes plates ne faisaient plus l'affaire des ménagères qui avaient vu l'œuvre de Judy Chicago. On lui en acheta de moins en moins, son énergie diminua, elle s'appauvrit, elle aussi.

La ville n'était plus la même non plus. Des immigrants s'y fixèrent, attirés par son libéralisme devenu légendaire. Au dire des observateurs, elle devint une sorte de Sodome et Gomorrhe moderne que les bourgeois fuyaient pour les banlieues de plus en plus éloignées.

En attendant que les artistes fassent pareil, le marchand d'argile, bon commerçant capable de s'adapter à toute situation, put justifier une nouvelle augmentation de ses prix en parlant de distances toujours plus longues à parcourir.

Nous ne perdons rien à nous ancrer dans le vrai.
Pierre R. Pelletier

AU MARCHÉ

Ils déballent leurs instruments: flûtes de Pan, mandolines, tambourins, cymbalettes, xylophones. Microphone et amplificateur pour celui qui chantera.

Et déjà ça commence. Il fait chaud, le ciel est bleu, le Chili fait entendre ses rythmes irrésistibles. Les gens s'attroupent, jettent quelques pièces dans un étui d'instrument posé sur le sol. Des enfants dansent.

Tout autour, les Torontois se hâtent. C'est le long week-end, parents et amis sont invités pour le repas du dimanche soir. Il faut acheter — la liste est longue. Des steaks énormes pour le barbecue. Des saucisses pour les enfants. Une pastèque, tiens, des figues bleues, leur chair rouge fera joli en garniture. Des bananes. Des fraises. Un pied de laitue, une romaine, une frisée, de la mâche et des endives. Ah non, pas d'iceberg, Jacques! On dit que ça n'a pas de valeur nutritive. Pommes de terre. Pâtes fraîches.

Beurre. Fromages. Olives. Yaourts. Pains. Jus. Tomates. Le chariot se remplit. Le marché l'est depuis longtemps, de marchandises, de vendeurs et d'acheteurs. Du poisson? Des crevettes plutôt, des grosses, on les mangera froides. Il faudrait aller chercher le vin, chéri, pourrais-tu... c'est juste à côté. L'autre chariot est dans la voiture, à l'arrière. On se retrouvera devant la grande porte... On pourrait casser la croûte... En bas, ils font des sandwiches à l'aubergine, du bon café.

La foule est telle qu'il devient difficile d'avancer, l'appétit des enfants s'éteint devant tant de boustifaille, il y en a qui crient, qui pleurent. Les mères soulèvent les melons, les hument, touchent les poires, goûtent quelques grains de raisin, un bout de reblochon, un peu de salsa sur une croustille. Elles sortent le portefeuille sans plus compter les billets, le chariot déborde. Voilà Jacques qui revient, il a mis les vins dans le coffre de la voiture, on ne risque rien ici, nous sommes quand même en sécurité à Toronto.

En bas, les sandwiches, des hot dogs pour les petits, des frites, oui, une glace, mais ne parlez pas la bouche pleine... un café au lait pour Madame, un espresso pour Monsieur, non, un cappucino, mais, bien sûr, avec des biscottes italiennes aux amandes ou aux noisettes... Dieu que c'est bon!

On s'arrêtera un moment chez le marchand

de riz, il en a de toutes sortes, le vieux, quatre-vingt-treize ans, tu le connais, Jacques, on lui en donnerait à peine soixante... J'aimerais prendre le riz chez lui, pour le risotto, demain soir. Et puis je dois encore acheter... acheter... acheter.

Les Torontois, le samedi, au marché Saint-Laurent, achètent tout en se gavant. Les jeans moulent des fesses dodues.

À la sortie, encore les musiciens... Voyons! on leur a déjà donné quelque chose, si tout le monde leur donnait deux fois, vous ne vous rendez pas compte, ils deviendraient riches!

En plus, on achète le journal des sans-abri, un dollar, ça fait qu'on leur donne quelque chose comme cinquante dollars par année, évi-demment, il y a les vacances durant lesquelles on ne va pas au marché puisqu'on est ailleurs, en Italie ou au Mexique, mais tout de même, ça doit bien faire trente-cinq dollars... Et puis, ils boivent, tu n'as pas vu celui devant la porte, il tenait à peine debout. Et ils sont de plus en plus nombreux...

Tiens, le coffre est plein. Alors, les enfants, il y aura des sacs avec vous, sur la banquette arrière, ce n'est pas la peine de faire des histoires pour si peu, taisez-vous! Jacques, dis-leur donc! Écoutez, ne vous chamaillez pas, à la maison vous aurez des popsicles. Et vous pourrez prendre une douche au jardin, avec le boyau d'arrosage, il fait si chaud...

Comment? Où ils se lavent, les sans-abri? Je

l'ignore, je n'y ai jamais pensé, enfin, il y a des centres d'accueil... Où ils font pipi? Mais je n'en sais rien, voyons! Vous posez de ces questions! Ils se débrouillent, un point, c'est tout, comme nous tous.

UNE BUD, S'IL VOUS PLAÎT

Imprimé sur un t-shirt de grande taille, le logo de la bière américaine couvre le ventre d'une femme enceinte d'au moins huit mois. Budweiser. Une cannette bien ronde sur un ventre bien rond. La future mère, t-shirt et réclame, le tout s'avance sur des jambes assez fines, s'arrête pour reprendre haleine.

Il y a quelque chose de frappant, de disproportionné, de désagréable dans ce tableau qui me trouble.

Est-ce dans un moment d'ivresse que cet enfant a été conçu? Si c'est un garçon, vont-ils l'appeler Bud? Buddy, si c'est une fille? J'imagine que la bière, ce champagne des moins fortunés, coulera à flots le jour du baptême.

Par la suite l'enfant grandira comme tous les enfants; on ne peut pas s'attendre à ce qu'il rétrécisse. Par contre, la machine à sécher le linge rétrécira le t-shirt; cela se produit même quand les vêtements sont en coton de qualité.

Quant au garçon, si le bébé est un garçon, il n'y aura d'abord rien de particulier à signaler. Bon élève, excellent joueur de volley-ball. Un intérêt normal pour les filles et les voitures. Un fils modèle se destinant à une carrière d'ingénieur.

Au moment de ses seize ans, les choses se compliqueront un tant soit peu. Le jeune homme aura hâte de quitter le domicile familial. Ses parents, entre temps devenus des intégristes, réagiront en le traînant à l'église au moins une fois par semaine. Aucune excuse ne sera bonne. Ça ne te fera pas de mal, lui dira sa mère, fais pas tant d'histoires, le père.

Il devra y aller. Cravate, veston, même par les plus grandes chaleurs. Le fils trouvera les vieux plus catholiques que le pape.

Tiens! N'a-t-il pas aperçu l'autre soir, dans un vieil album de photos, sa mère, enceinte, vêtue d'un t-shirt marqué du logo d'une bière?

«Maman...»

Elle lui avait arraché l'album des mains, l'avait jeté au fond de la penderie.

«Je n'aurais pas dû...»

C'est exact. Un ventre de future mère couvert par l'image d'une cannette de bière, ce n'est pas beau. Elle n'aurait pas dû.

L'automne suivant, le fils choisira une université de renom, située à une centaine de kilomètres de la ville.

Sur le campus, ça boit sec. Marc, que ses

parents n'avaient pas appelé Bud, y prendra goût. Au lieu d'étudier, il fera la fête avec ses amis. Dans sa chambre, les cannettes vides s'accumuleront. Un premier cours de raté, bientôt un deuxième. Et ainsi de suite.

Serait-ce la faute de la mère? S'il est possible d'influencer l'enfant que l'on attend en lui jouant de la musique, si on peut lui donner le sens des couleurs en s'habillant de vêtements aux teintes vives, un t-shirt Budweiser ne pourrait-il pas faire aimer la boisson?

Mais qu'est-ce qui m'arrive? Qu'est-ce que j'ai à me perdre dans ces spéculations inutiles? Le bébé en question n'est pas encore né!

Berçant dans son ventre un enfant qui sera sûrement heureux et de plus intellectuellement capable, la femme enceinte monte dans la voiture où l'attend son mari.

Pendant quelques moments, je reste clouée sur place à me reprocher mon attitude. Une snob, voilà ce que je suis. J'essaie de m'en cacher, mais je traite de haut tout ce qui ne correspond pas à mes normes. Esthète orageuse, je suis toujours prompte à m'énerver.

Je rentre chez moi avec mes emplettes empilées dans des sacs en plastique. Comme tout le monde. De toute évidence, je suis jalouse de la jeunesse et des espoirs entrevus au marché, dans les yeux et la démarche de cette jeune femme.

«Tu vois le monde d'un œil ironique», m'a

dit l'autre jour un ami.

C'est vrai. Mais ce n'est pas toujours agréable. Je devrais faire teinter mes lunettes. De rose. Me contenter de l'existence telle qu'elle se présente, m'en réjouir avec les autres. Ou alors ne plus regarder, ne plus observer, me détourner, muette, vivre dans l'effrayante solitude.

VERT BOUTEILLE

La journée achève. Le long de la rue King, là où elle longe le grand parc aux arbres touffus, des limousines garnies de roses en kleenex, blanches, bleues et vertes sont alignées. Quelqu'un, une vieille tante par exemple, a dû se donner la peine de teindre des mouchoirs en vert; je n'en ai jamais vu dans le commerce.

Une séance de photographie autour de la fontaine à trois bassins superposés réunit les jeunes mariés, les demoiselles et les garçons d'honneur, dans ce beau parc qui est un véritable jardin à la française. La petite fille qui a semé les fleurs du portail de la cathédrale Saint-James jusqu'à l'autel, histoire d'embellir les pas si décisifs du jeune couple, est là, elle aussi, et jette les derniers pétales de fleurs dans le bassin le plus bas.

Près des plates-bandes fleuries, un père donne une leçon de botanique à son fils qui, attentif aux détails, découvre une bouteille miniature dans un des bosquets. Du Crown Royal. Un chien lève la patte.

Dans le kiosque à musique, en réparation ces jours-ci, quatre clochards prononcent des discours incompréhensibles, entrecoupés de *fucking* et *fuck you* tonitruants. Ils soulèvent bien haut de vertes bouteilles de vin rouge, comme pour trinquer à la santé et au bonheur des nouveaux mariés qui ne semblent point s'apercevoir de leur présence.

La plupart des bancs sont occupés par des clochards qui dorment paisiblement, épuisés après une nuit d'été passée à se raconter des histoires.

Sur les pelouses, quelques fanatiques des bains de soleil se prélassent. Un jeune lit à l'ombre.

La séance de photographie nuptiale attire des curieux. Une jeune femme avoue comme à regret son scepticisme, se dit cynique. Sa compagne rit. Sous le doux soleil de cet après-midi glorieux, le jeune marié et les garçons d'honneur sont gauches dans leurs smokings de louage. Les demoiselles d'honneur portent les robes d'usage, en satin vert bouteille, ce qui explique les roses vertes des limousines.

Assise sur le rebord de la fontaine, la mariée étale fièrement l'énorme jupe bouffante sous l'œil attentif de la photographe qui, elle, est en short kaki et chemise blanche, comme pour marquer le fait qu'elle ne fait pas partie du groupe des invités. Aura-t-elle droit au champagne qu'un des garçons d'honneur verse dans les flûtes avidement tendues?

À la vue de cette bouteille, verte elle aussi, bien sûr, les spectateurs même les plus désabusés et les clochards enivrés se mettent à applaudir dans l'espoir que cette femme et cet homme trouveront le bonheur.

PANIQUE

Diane se dépêche. Sa mère, son beau-père et sa tante Elsie lui ramènent ce soir ses deux enfants dont ils se sont occupés pendant une partie des vacances.

Diane a peur. Non seulement parce qu'il y a de l'herbe qui pousse entre les dalles de la terrasse, que des fourmis semblent avoir trouvé le chemin du jardin à la cuisine, que le rideau de douche est déchiré à deux endroits. Non, au fond tout cela n'est rien. Si elle panique, c'est que Richard, le beau-père de maintenant soixante-dix ans, risque de la juger. De la juger et puis d'interdire à sa femme de revoir sa fille.

Oui. C'est comme ceci qu'il déciderait si jamais... «Voilà! Elsie, venez! Viens, Julie. On ne reviendra plus. On ne remettra plus les pieds dans cette maison. C'est ça, embrasse-la bien, tu ne la reverras pas de sitôt, ta fille est...»

Et sa mère se hâterait de partir avant que la tare ne soit nommée. Elle ne veut pas l'entendre, espérant que ce mauvais moment passera comme tous les précédents, que la colère de Richard finira par s'apaiser. «Voyons, calme-toi, tu te trompes, tu as mal compris, elle t'expliquera...»

Mais lui descendrait déjà les marches du perron, la canne à la main, non pas pour s'appuyer, dans sa fureur il n'aurait besoin d'aucun soutien, non, il gesticulerait avec cette canne noire comme pour accentuer ses paroles. «Mal compris? Ça ne pourrait être plus clair. Ta fille...»

Il lui tiendrait la portière de la voiture, se précipiterait de l'autre côté, ouvrirait, monterait, ferait démarrer le moteur.

Blême, sa mère n'oserait même pas baisser la glace. À soixante-neuf ans, on n'a plus le courage de se chercher un autre compagnon. Et comme toujours, Elsie se tairait, s'étant engouffrée dans la voiture sans même dire au revoir.

Diane panique. Vite, l'herbicide, mettons-le, mais n'en mettons pas sur les fleurs en bordure, de l'eau bouillante à jeter sur les fourmis, un rideau de douche inscrit sur la liste des emplettes à faire.

Vite, préparons les lits. Richard et les deux femmes seront fatigués, le voyage de Nashville à Toronto aura été long, deux jours, une nuit dans un motel, le couple dans une chambre, Elsie et les deux enfants dans l'autre. La route. La voiture confortable, grande, une Lincoln climatisée comme il faut, mais les petits, excités à l'idée de retrouver leur mère, se disputant à l'arrière, la tante entre les deux ou alors mal à l'aise dans un coin.

Débordée, Diane court d'une pièce à l'autre. Si au moins Louise pouvait l'aider!

Les livres. Il y en a que Richard ne doit pas voir. Vite, Diane regarde le long des rayons de l'étagère dans la chambre, jette des volumes dans un grand carton, pêle-mêle avec quelques magazines féminins, elle ne voudrait pas que Richard les trouve, qu'il examine les lectures nocturnes de sa belle-fille, il n'en dormirait pas, lui qui d'habitude ronfle si paisiblement, au désespoir de sa femme qui voudrait qu'il se fasse traiter par un chirurgien. «De nos jours cela se fait et de toute façon il est dangereux de ronfler ainsi. Tu risques de t'étouffer, lui dit-elle, j'ai lu un article à ce sujet, dans une revue, au salon de coiffure.»

Où est donc Louise? Elle avait promis...

Mais comme ce sera agréable de revoir les enfants! Elle avait eu mal quand finalement ils avaient disparu derrière la cloison qui, à l'aéroport, sépare les passagers de ceux qui les accompagnent.

Passeports autour du cou, sacs à dos. Thomas avait suivi fièrement l'agent de bord, quand on a cinq ans on ne se retourne pas pour voir sa mère une dernière fois. Caroline lui avait envoyé un sourire, un petit signe de la main, puis s'était empressée de rattraper son petit frère, de le prendre par les épaules. Après tout, elle avait promis de prendre soin de lui.

Auront-ils changé? En trois semaines? Sa mère a dû les gâter... Pourvu que Richard ne les ait pas trop fait goûter à ses idées. À dix ans, Caroline est probablement assez grande pour questionner ce qu'on lui dit, mais le petit? Croirait-il maintenant que tous les assistés sociaux sont paresseux, les Noirs dangereux, les homosexuels anormaux, les femmes des bonnes, les immigrants des voleurs d'emplois? Et même si après son retour elle réussissait à le faire changer d'avis, ne garderait-il pas un peu de ce poison dans son cœur? Elle n'aurait jamais dû confier les enfants... Mais non, ce n'est pas à Richard qu'elle les avait confiés, c'était à sa mère!

Or sa mère n'était plus celle de son enfance, cette mère toute à elle qui compensait pour le père décédé, réconfortait sa fille, riait et pleurait avec elle, selon les circonstances. Qui conduisait la voiture quand elles voyageaient, travaillait au jardin, faisait des réparations, tricotait des pull-overs, expliquait le monde.

Elle s'était remariée, il y a cinq ans et Diane avait été heureuse pour elle, bien sûr. Après tout, Diane s'était mariée elle aussi, avait abandonné sa mère pour aller vivre au loin, à Toronto, dans un pays étranger. Quand sa mère avait téléphoné pour lui annoncer la nouvelle,

Diane l'avait félicitée. Sa mère avait rencontré Richard lors d'une compétition de danse, de *ballroom dancing*. Ils avaient décidé de continuer cet apprentissage ensemble, puis, une année après, ils avaient décidé de se marier.

Le jour des épousailles, Diane s'était rendu compte que Richard n'allait pas être facile, avec sa manie de toujours vouloir avoir raison, mener la danse pour ainsi dire. Cette façon qu'il avait de condamner tout ce qui ne lui convenait pas! De se faire justicier, en somme.

Quand elle avait repris ses études, il avait prédit le scandale, le divorce, la misère. Divorce, oui. Scandale, non. La misère? Spécialiste des ressources humaines dans les entreprises, Diane avait du travail par-dessus la tête.

Ah, mon Dieu, la statuette que Louise lui avait offerte... Un nu... Dans le placard, et vite!

Les emplettes. Puis il fallait faire laver la voiture, une Honda — voiture japonaise! s'exclamerait Richard, pourquoi?

Un bain relaxant avec une huile à la lavande. Louise la lui avait offerte. Louise. Avec qui elle partageait la maison et, depuis une année, le lit... Louise qui allait devoir se taire, mettre une jupe... Louise qui jusqu'ici ne s'était jamais cachée... Louise, l'artiste, la sculpteure de femmes nues qui s'enlacent.

Diane s'habille. Déjà elle entend un coup de klaxon, puis un autre. Les voix des enfants sur la véranda. Sa mère. Richard. Elsie la silencieuse.

«Mais où est donc Louise, demande le petit Thomas de sa voix si claire. Vite, je veux l'embrasser. Je l'aime, moi aussi.»

VIOLENCE

Un instant, elle songe à se sauver. Se sauver pendant que lui sera aux toilettes. Heureusement que même l'homme le plus violent a parfois besoin d'aller pisser, seul.

Mais avant, ça y est, elle doit encore encaisser: un bon coup de poing, n'importe où, sur la nuque, dans le dos, elle se recroqueville, encore un autre, là, réfléchis à ça pendant que je me soulage, puis tu me feras un café, tu m'entends?

Elle entend, bien sûr, comment ne pas entendre cette voix, oh, pas forte, mais concentrée, serrée, qui grince comme une scie, entre dans sa tête comme un piton, la secoue, la fait trembler, l'étourdit.

Elle se met debout, il le faut, tend machinalement la main vers la bouilloire. Lui faire un café, le lui servir dans sa tasse favorite, il risque de se fâcher encore...

Aïe! le bocal de café instantané en haut du placard, elle a mal, une côte peut-être, elle devrait voir un médecin, mais quand? Et de toute façon, comment pourrait-il la secourir? Puis si cela se savait, qu'elle avait consulté un service médical, les choses ne feraient que s'empirer. Il la punirait comme jamais avant.

Déjà la chasse d'eau. La porte. Ses pas dans le couloir. Tiens, il lui sourit, pourquoi? Approche-toi, dit-il, viens... Elle y va, elle ne sait pas quoi faire d'autre, elle tremble.

Tu comprends, dit-il, tu m'énerves, tu m'exaspères avec tes histoires d'argent. On dépense trop, bien trop, tu dépenses trop, les femmes de mes amis... La femme de Lucien n'est pas aussi dépensière.

Il serre les poings, elle recule insensiblement, elle ne veut pas montrer sa terreur, car c'est de la terreur et il n'aime pas ça, d'un autre côté, s'il savait combien elle le craint, peut-être que...

«Tu veux mon poing dans la figure! Approche, je te dis!»

Il l'attrape par le bras.

«C'est moi qui te fais peur? Moi, ton mari chéri?»

Elle est incapable d'ouvrir la bouche, si jamais elle le faisait, ses dents se mettraient à claquer. Machinalement elle essaie d'esquisser un faible sourire, des yeux seulement, sans desserrer les lèvres. Elle ne doit pas prendre cet air abattu, il va encore se mettre en colère, cette colère insensée qu'elle semble provoquer en lui, il faut qu'elle soit plus prudente, plus avenante...

Elle lui sert son café.

«Ah! Tu essaies de me brûler la langue! Tiens!»

Le café ruisselle le long de ses joues, la brûle sans qu'elle s'en rende compte.

Pourquoi ne part-il pas travailler? Il faudrait qu'il se dépêche, il va encore perdre sa job, pourtant ils ont besoin d'argent. Les enfants vont bientôt revenir de chez leur grand-mère, il leur faudra un jean chacun, des chaussures pour la rentrée.

«Mais à quoi penses-tu encore! Tu ne m'écoutes pas?»

C'est vrai, elle n'a rien entendu, il faut qu'elle fasse attention. Si seulement elle pouvait atteindre la boîte de kleenex, essuyer et les larmes et le café...

«Va te laver la figure, dégueulasse, malpropre! Calisse! vivre avec une saleté pareille!»

Dans le miroir, elle voit un visage tuméfié qui ne semble pas lui appartenir, des yeux au regard absent. Pourtant le visage est bien là, dans la glace, c'est son corps qui est ailleurs, flotte dans un lieu grisâtre, voudrait se poser quelque part, mais où? il n'y a pas le moindre petit bout de terre solide...

«Alors, on s'enferme maintenant? Y manquerait plus qu'ça!»

Vite, ouvrir la porte, faire un geste vers celui qui l'interrompt aussitôt d'une claque retentissante:

«Ça t'apprendra, la vieille!»

Est-elle vieille à vingt-neuf ans? Vraiment, ne pourrait-elle pas... le quitter, trouver un emploi, se sauver, tout à l'heure, quand il sera finalement parti...

«Mes chaussettes! Tu veux que j'aille travailler sans chaussettes? Qu'on rie de moi au bureau?»

Au sous-sol, vite, sortir le linge de la sécheuse, ses caleçons, elle a lavé hier, repassé aussi... Voilà ses chaussettes...

Mais comment cet accès de fureur a-t-il encore commencé, hier soir, pourquoi est-ce que ça continue ce matin? Qu'est-ce qu'elle a donc fait pour le provoquer ainsi? Avait-elle vraiment parlé d'argent?

«Vite!»

Elle court, lui tend le linge, il s'empare de deux chaussettes noires, les regarde haineusement. Mon Dieu! ce qu'il a l'air ridicule dans sa chemise et son caleçon, le pauvre...

«Qu'est-ce que tu as à rêvasser de la sorte, t'as rien à faire?»

Elle plonge les mains dans l'eau de vaisselle, de cette vaisselle qui trempe depuis hier soir quand il lui a dit de venir près de lui au lieu de laver les assiettes. Elle retire le bouchon de l'évier, fait couler de l'eau chaude, commence à laver les verres. Il est derrière elle, la pousse contre le rebord du comptoir, l'embrasse dans le cou, elle laisse échapper un non, laisse-moi... Furieux, il prend un verre, le frappe contre le bec du mitigeur, lui met le verre cassé devant la figure, à quelques centimètres seulement, la pousse, l'embrasse encore, elle laisse tomber les assiettes, il l'entraîne vers le lit, lui écarte les jambes, la pénètre, la chevauche furieusement, ahane, lui dit qu'il l'aime, que plus jamais... Puis il s'assoit au bord du lit, enfile ses chaussettes noires, met ses chaussures.

«Voilà ce que tu voulais, hein, petite salope?»

La porte claque, le moteur démarre. Elle est seule. Fatiguée. Sale, c'est vrai. Salie. Incapable de se faire couler un bain... Si encore elle pouvait se noyer dans la baignoire, dans une rivière, un lac, n'importe où... Mais les enfants...

Elle tire le drap, la couverture, se couvre le visage. Dormir. Ne plus rien sentir, rien entendre, rien savoir.

Ne pas se répéter qu'il faudrait partir, chercher refuge, prendre à la banque le peu d'argent qui reste, appeler quelqu'un, se faire aider.

Des phrases commencent à sonner dans sa tête: Tu ne les auras jamais, les enfants... Je te retrouverai... n'importe où... T'as pas le courage... Essaie donc, tu verras... Tu crèveras de faim... Tu pourras pas... Personne ne voudra de toi...

Vers midi, elle se lève. Il lui faudra des heures pour réparer les dégâts. La vaisselle. Le verre brisé. Elle est prudente, ne se coupe pas. Le café par terre, les mégots... Dieu, ce qu'elle a eu peur qu'il la brûle, ça n'aurait pas été la première fois qu'il l'aurait fait, cette odeur de chair brûlée... Mais pourquoi, pourquoi, mon doux, pourquoi? Qu'a-t-elle donc fait de mal?

En silence, elle se tourmente, se questionne, cherche. Elle ne parle à personne. Elle ne veut pas recevoir de conseils, des tu-devrais, tu-dois... Moi, à ta place... rien que pour les enfants...

Personne n'est à sa place, elle y est seule. Si les enfants avaient été là, aurait-il agi de la sorte, n'aurait-il pas eu honte?

Il faudrait les faire revenir. Tout de suite. Mais ils ont besoin de leurs vacances, au bord du lac, au chalet de leur grand-mère, où il n'y a pas de disputes, pas de cris, pas de larmes. Si elle pouvait y aller, elle aussi...Mais non, il ne le lui permettrait pas, puis comment s'y rendrait-elle, c'est lui qui prend la voiture tous les matins. Et de toute façon, elle craint ce que sa mère pourrait lui dire: Tu as fait ton lit, ma fille, alors... Entendre cela de sa mère, non...

Peut-être que les choses vont s'améliorer? Il va falloir qu'elle fasse des efforts, qu'elle lui prépare un bon souper, qu'elle se lave les cheveux, se mette du vernis à ongles, du rouge à lèvres, qu'elle ait l'air soignée, heureuse, détendue. Comme ça, bien accueilli, il ne se fâchera pas, ne se sentira pas critiqué, c'est ça, il ne supporte pas qu'elle le critique, déjà au travail il est parfois forcé d'accepter qu'on le contredise, elle s'efforcera d'être plus patiente.

Si seulement elle n'était pas si nerveuse, il faut absolument qu'elle se calme, jamais le repas ne sera prêt, avec tout le travail qu'elle a, elle n'aurait pas dû dormir si longtemps.

Si elle prenait un valium, ça l'aiderait peut-être à passer à travers l'après-midi, la soirée. Ou alors un petit verre. Ou peut-être les deux.

Le repas... ses cheveux... ses ongles... le linge... l'ordre... déjà trois heures... Jamais elle ne pourra...

Elle s'effondre sur le divan, prend un magazine, n'importe lequel, fixe du regard le papier glacé des pages sans les tourner.

DANS LE MÉTRO

L'homme est assis en face de moi. L'air gris, fatigué. À l'approche de la station St. Clair, il se lève, va vers la portière, sa main droite glissant d'une barre d'appui à l'autre. Je ne crois pas qu'il ait peur de tomber. Il est solide sur ses jambes, malgré sa fatigue du soir.

Ça fait des semaines que je l'observe, dans la rame de 17 h 14, sans savoir pourquoi. C'est malsain, c'est déprimant, j'ignore pourquoi cet être morne me fascine. Je devrais me trouver autre chose à faire durant le trajet.

Je suis convaincue que rien ne le touche, le surprend, l'intéresse. Il a les yeux ouverts mais ternes, presque morts. Il ne lit pas. Ne sourit pas. Ne s'impatiente pas. Là, maintenant, il attend son arrêt. Le voici qui descend, disparaît.

Dans ma tête, je me mets à le suivre. Je m'obstine à le faire exister. J'ai envie de lui donner une vie mouvementée ou du moins agréable, une femme, un enfant ou deux, des amis. J'aimerais le voir faire du footing dans un des ravins, patiner sur roues alignées le long du Queen's Quay. Aller à Harbourfront, au théâtre, au cinéma, au Skydome si le cœur lui en dit. Bref, je voudrais lui extirper le plomb dans l'aile, faire de lui un personnage haut en couleur.

Ou alors l'oublier carrément, ce monsieur si inintéressant, cet énergumène banal. Ne plus penser à lui.

Or, j'en suis incapable. Je le vois trop bien rentrant chez lui comme tout le monde, après sa journée au bureau, une journée probablement remplie de travaux variés, de remarques plus ou moins bienveillantes reçues et données, de réunions, d'échecs et de succès, de coups de téléphone et de coups durs, de nourriture vite avalée et tout aussi vite évacuée, de chèques signés et de comptes réglés.

Personne ne l'attend chez lui, sa femme l'a quitté il y a longtemps, avec leur enfant. L'homme se regarde. Le miroir au-dessus du lavabo de sa salle de bains lui renvoie un visage sans expression particulière. Il se détourne.

Rien à la télé, rien dans le frigo. Rien à boire. Rien à faire. Un lit en désordre, des plantes assoiffées, de la poussière.

L'homme a soif lui aussi. Et faim. Il voudrait... Quoi donc? Une bonne pizza? Des mets chinois? Du poulet Swiss Chalet accompagné d'un film porno de la vidéothèque pour passer le temps? Non?

Je me trompe. L'homme a une longue plume d'oie à la main. S'apprête-t-il à écrire? Mais où est donc l'encrier, où est le papier? La table de travail?

L'homme ouvre la bouche toute grande comme pour chanter. Ce serait un chanteur plutôt? Un chanteur d'opéra? Un autre Pavarotti?

Il rejette la tête en arrière. D'une main expérimentée, il introduit sans hésiter la longue plume dans cette bouche béante pour — mais, non d'une pipe, d'où me vient cette scène? — se chatouiller la gorge jusqu'à ce qu'il commence à vomir sa rage, son chagrin, son mal.

Et c'est une avalanche de jurons que j'entends: Maudit! Merde! Bordel de merde! Nom d'un chien! Cré nom de nom! Couillon! Salope! Ils sortent des entrailles de cet homme qui crache, bafoue, hue, vilipende, blasphème et chante pouilles, invective son patron, malmène le responsable de la cafétéria, la caissière du supermarché, le concierge de son immeuble, sa femme, son fils.

Il leur dit qu'il en a marre d'être mal gouverné, mal payé, mal nourri, mal fourni, mal servi et mal aimé.

Il s'emporte, entre dans les détails, se déleste de tout ce qu'il a sur le ventre. Le gouvernement, c'est connu, s'en prend aux petits employés et courtise les brasseurs d'affaires. Le patron, ce bisexuel de misère, croit encore au droit de cuissage et poursuit allègrement chacun et chacune, tous des lâches incapables de se défendre. Il y a des coquerelles dans la cafétéria, la caissière malhonnête ne rend pas la monnaie comme il faut, le fils fait les poches de son père, l'épouse a un jeune amant et le concierge en parle à tout le monde. Il y a de quoi devenir dingue.

Zut alors! J'ai loupé ma station! Me voilà à King alors que j'aurais dû descendre à Wellesley. À cause de cet imbécile, je suis obligée de rebrousser chemin. Et ce n'est pas facile, à cette heure-ci, avec le monde qu'il y a.

Est-ce que je serais un peu comme ce bonhomme? Moi aussi, je m'emporte assez facilement. Pour un oui ou pour un non, je me mets en rage, surtout après une journée devant l'ordinateur à taper les textes des autres, que le métro est trop lent, que je n'en peux plus de vivre dans ce monde si terne. Je ne tombe pas malade, je me rends malade.

Demain, je me le promets, je prendrai le bus pour ne pas voir ce type. Ou, mieux encore, un jour de congé. De temps à autre, quand rien ne va plus, il faut se permettre quelque extravagance. Il s'agit de survivre, c'est évident, il n'y a rien d'autre à faire.

Alright, Wellesley. À moi de descendre, de rentrer chez moi, de me dévisager dans la glace, de fouiller dans le frigo, d'allumer la télévision pour me sentir moins seule, de regarder pendant quelques minutes un film stupide, puis de me mettre au lit, de dormir jusqu'à ce que mon réveil me tire à nouveau du néant.

ELLE S'APPELAIT CHRISTIANE

La vie de Christiane Pflug peut, comme toute vie, être divisée en plusieurs étapes, chaque étape constituée par une dizaine d'années. Étant donné qu'elle est morte à l'âge de trente-six ans, son existence compte au plus quatre étapes: enfance, mariage, création et déclin. Et c'est sous le signe de la mort que le destin de Christiane Pflug s'est joué, en vérité et contre toute attente.

L'ENFANCE

Christiane a trois ans lorsque la guerre commence. Sa mère, célibataire et farouchement indépendante, tâche de gagner leur vie en faisant du dessin de mode. Le père, un aristocrate qu'elle n'a pas voulu épouser, est au front. Christiane a cinq ans quand elle lui rend visite à l'hôpital militaire où il se meurt de tuberculose. Elle en a six quand sa mère décide que, menacée par les bombes, Berlin n'est pas un lieu où l'on peut élever un enfant.

La gare. Christiane doit prendre le train toute seule, sa mère devenue infirmière n'ayant pu obtenir de congé. La carte au bout du long ruban noir que l'enfant porte autour du cou indique au conducteur à quel endroit il devra la faire descendre, où on viendra la chercher. Christiane se sent rejetée, abandonnée.

La mort dans l'âme, la mère court le long du quai pour accompagner le plus longtemps possible sa fille dont le visage s'écrase contre la fenêtre du compartiment.

À la campagne, la petite languit, écrit de son écriture encore maladroite à sa mère, court à la rencontre du facteur pour avoir son courrier au plus vite. Quand est-ce qu'elle va finir, la guerre? Personne n'a de réponse. Quand la fin survient finalement, aucun coup de téléphone, aucune lettre, aucune arrivée soudaine. Où donc est sa mère? que fait-elle? C'est la débâcle, disent les adultes, le téléphone ne marche plus, il n'y a pas de trains, il faut patienter.

Cinq mois plus tard, c'est le retour à Berlin, ville détruite, coupée en quatre. L'hiver est froid, la nourriture rare. L'enfant continue de s'habituer au malheur.

Le mariage

À dix-huit ans, Christiane s'embarque pour Paris où elle veut apprendre le dessin de mode. Dans le train, elle rencontre un étudiant en médecine, amateur de peinture. Quelques mois plus tard, ils se marient. Le jeune marié va travailler dans une clinique en Tunisie, la jeune mariée le suit.

À vingt ans, Christiane a deux enfants. Un mari qui s'est donné pour but de faire de sa femme un vrai peintre, de lui faire oublier la mode. Christiane peint tant bien que mal et parfois très bien. Surtout quand elle est seule dans son studio au milieu de la kasbah.

La création

En 1959, ils s'embarquent pour Toronto, ville qui semble offrir une carrière à de jeunes immigrants.

Il y fera carrière, elle y deviendra peintre. Malgré le fait qu'elle est prisonnière: du mari, des enfants, du ménage, de sa propre mélancolie.

Elle peint ce qu'elle voit de sa fenêtre. Des maisons qui semblent mortes. Un drapeau devant une école, le drapeau canadien devenu noir et blanc sous ses pinceaux.

Sur d'autres tableaux, des arbres monstrueux envahissant la ville. Un oiseau. Au loin, un avion.

D'autres montrent des poupées silencieuses dans des intérieurs remplis d'une angoisse ankylosée.

Le déclin

Deux adolescentes qui n'ont plus tellement besoin d'elle. Un mari toujours despote, toujours critique des toiles que sa femme produit. Des tentatives de suicide que personne ne prend au sérieux. Un chien.

C'est en sa compagnie qu'elle prend le traversier pour aller dans l'île. C'est avec lui qu'elle en fait le tour, s'assoit finalement au bord de l'eau, à Hanlan Point, où elle avale des comprimés. Meurt. Le 2 avril 1972.

Aujourd'hui

Plusieurs musées canadiens possèdent de ses œuvres. On écrit sur elle. Une biographie. Un documentaire passe quelquefois à la télévision. Une pièce de théâtre est présentée à l'occasion d'un festival de théâtre de femmes.

Au Musée des Beaux-Arts de Toronto, on parle de lui consacrer une salle. Quand il y aura les fonds nécessaires...

Histoire sans objectif précis, sans punch, me direz-vous. Triste. C'est vrai. Comme tant de vies.

DE FIL EN AIGUILLE

La vieille dame coud. L'ourlet d'une des manches d'un corsage s'est défait, c'est probablement pour cette raison que sa belle-fille, qui ne sait pas même enfiler une aiguille, lui en a fait cadeau.

Le corsage est à manches courtes et, depuis longtemps, la dame n'en a pas porté. Tous les jours, en se coiffant avant de prendre son petit déjeuner, elle voit que la peau sous ses bras est flasque, pendouille. Parfois elle a envie de prendre des ciseaux, de la couper, de resserrer ce qui restera, de se rajeunir au moins par là. Il y a d'autres endroits de son corps qui trahissent son âge. Un ventre proéminent, des rides, des jambes trop fines. Sur la joue gauche des poils qui n'embellissent point ce que sa mère appelait un grain de beauté. Les cheveux? Elle les a épais et en est fière. Mais depuis l'apparition d'une première mèche grise, à l'âge de vingt-huit ans, elle se les teint couleur châtain.

Malgré le temps que cette opération prend et malgré l'argent que ça lui coûte, la vieille dame n'a jamais eu le courage d'arrêter, d'arborer, à soixante ans par exemple, une chevelure blanche qui aurait probablement été assez belle.

Le corsage n'est pas laid. En rayonne écrue, il est ample aux épaules et resserré autour de la taille. La dame sait qu'elle n'en a pas. Il va falloir qu'elle laisse un ou deux des boutons inférieurs ouverts, comme les hommes le font parfois avec leur gilet.

Le tissu est imprimé de bouquets de fleurs, en noir, sortes de dessins à la plume. Ils semblent joyeux et malgré le noir on dirait qu'ils dansent. Ou alors que quelqu'un les a lancés en offrande, à la va-vite et un peu pêle-mêle.

Il y en a beaucoup, une centaine peut-être en tout. Chaque bouquet compte sept, neuf ou douze fleurs. Des tulipes et des capucines. Enfin, elle est sûre pour les tulipes. Les capucines, ma foi, l'artiste devait être moins fort en botanique que celle qui contemple maintenant le dessin.

Un ruban noué autour de leurs tiges tient les fleurs assemblées mais sans les serrer.

Immobilisée par sa couture, la vieille dame a le temps de réfléchir. C'est un moment rare, elle ne reste pas très souvent sans bouger.

Le lundi, elle s'occupe de la comptabilité de l'entreprise de sa fille. L'entreprise est encore jeune, mais ce travail lui demande tout de même quelques heures et entraîne la plupart du temps de petits arguments qui la chagrinent.

Puis il y a le magasin Goodwill. Sa boutique de soi-disant antiquités n'est ouverte que le mardi, de dix heures à dix-sept heures, mais sa coordination, dont elle a la charge, lui prend au moins deux journées par semaine, le mercredi et le vendredi la plupart du temps. Et il faut qu'elle y soit le mardi aussi, afin de surveiller les vendeuses, toutes des retraitées comme elle, ainsi que les nombreux clients, certains à l'air douteux, des brocanteurs à la recherche d'un objet précieux dont elle ignorerait la valeur.

Le jeudi, elle travaille dans un hospice pour sidéens, histoire de se familiariser avec la mort. Elle y sert d'aide-infirmière, c'est-à-dire qu'elle exécute des tâches qui n'exigent ni expertise ni surveillance: nettoyage de la grande baignoire à tourbillon, distribution des repas, lavage du linge personnel des malades, stockage des armoires à linge. Parfois, une amitié se développe entre elle et un de ces hommes ou femmes qui sont pour ainsi dire aux portes de la mort. Elle leur fait la lecture, un brin de causette. Elle se rend au magasin ou au bureau de poste pour eux, à la banque. Elle s'assoit au chevet d'un comateux pour qu'il se sente moins seul. Trop souvent, d'un jeudi à l'autre, celui ou celle qu'elle commençait à mieux connaître, disparaît. Comme cet homme qui avait installé un petit jardin sur le rebord de sa fenêtre, du romarin, de la menthe et de la ciboulette, du thym aussi.

Disparu. Mort. Les fines herbes et le reste de ses affaires vite emportés par son ancien partenaire ou sa mère. Ils sont nombreux, les disparus.

Elle pense à Ralph, photographe de son métier et ami de sa fille, emporté par le sida à l'âge de trente-six ans. Méconnaissable à la fin, sauf pour son sourire glorieux qu'elle a retrouvé plus tard sur la vidéo tournée pour documenter les dernières œuvres de l'artiste. C'est la mort de Ralph qui l'avait poussée à travailler à cet hospice, il y a quatre ans, animée par la rage contre l'incontrôlable malheur de cette maladie.

Puis il y a le théâtre. À certains moments de l'année, une centaine de coups de téléphone à donner pour convaincre les abonnés du passé de se réabonner. C'est difficile, surtout qu'elle n'est pas toujours sûre d'aimer le choix des pièces. Du Molière pour plaire aux professeurs de français, une pièce écrite par une femme pour contenter les spectatrices, une pièce locale par un auteur franco-ontarien. Parfois, il s'agit d'une belle surprise, à d'autres moments c'est moins réussi.

Tout cela sans se faire payer. Rien que du bénévolat. Combien d'institutions cesseraient d'exister si elles venaient à manquer de bénévoles? Heureusement qu'elle reçoit une pension mensuelle, même si elle est petite comme les pensions de la plupart des femmes âgées. Alors, quand sa belle-fille lui a offert le corsage, elle n'a pas refusé.

Soudain, elle pense à sa mère. Elle a l'impression qu'elle est de plus en plus souvent proche d'elle. Est-ce un phénomène de l'âge? À seize ans, elle avait demandé à son père de la faire entrer dans un pensionnat. Elle avait déclaré ne plus pouvoir vivre avec «cette femme», expression qui se voulait péjorative et qui l'était. Son père le lui avait fait remarquer, puis avait dit oui à l'idée de l'internat.

Aujourd'hui, son père, franchement, elle s'en fiche un peu. C'est de plus en plus rarement qu'elle pense à lui, qu'elle se souvient avec admiration, mais sans émotion, de son intelligence et de son sens de l'humour.

Sa mère, par contre, lui apparaît plusieurs fois par jour. Non, elle ne vient pas pour se venger; ce n'était pas son genre. Elle a toujours été solidaire de ses trois filles, à travers toutes leurs grandes et petites folies.

La vieille dame se rend compte que, là, assise dans son fauteuil, elle peut à toute vitesse voyager le long du chemin qu'a été sa vie. Du haut des épaules de son père, elle revoit les Alpes suisses. La voilà au bord de la mer Baltique avec sa mère. À Berlin, sous les bombes. Évacuée en Autriche pour les éviter.

Passons à un autre continent. Les bougainvillées rouges de Sidi-bou-Saïd. Ses deux accouchements en pays d'Afrique.

L'Europe encore, puis l'Amérique du Nord. Les études, les bibliothèques. Elle aurait voulu être actrice, mais est devenue professeur pour garantir un peu de stabilité à la vie de ses enfants. Elle ne s'en plaint pas, elle n'en a pas souffert, elle a même atteint le rang de professeur titulaire dans une université. Pas mal, après tout, pour une femme!

La vieille dame rit, se remémore des rencontres départementales où elle était la seule femme. Ses collègues disaient probablement du mal d'elle, derrière son dos, surtout quand elle s'est mise à publier non pas des articles savants, mais des romans, des nouvelles, des pièces de théâtre.

Plaisir de l'écriture: le cerveau devient une grande scène blanche sur laquelle l'écrivain fait monter personnages et décors.

Il y a eu les plages. Les plages nudistes de son enfance, sa mère si belle. La mer Baltique, la mer du Nord, la Méditerrannée. La mer Rouge où un jour elle a flotté sans le moindre effort, en riant comme une petite folle. Les plages du Maine. Oh, elle en a vu du pays!

Elle pense à ses trois maris. Un Allemand, un Français, un Danois. Trois divorces. A-t-elle été trop impatiente? Leur a-t-elle servi de terrain d'essai? Les trois se sont remariés. Deux de ces nouvelles unions ont tenu le coup, à l'exception de celle du Danois. Bof! Peu importe. Aujourd'hui, le premier mari et le second aussi ont succombé à des crises cardiaques, le troisième a sombré dans l'alcoolisme.

Le travail de couture est terminé, ce n'était pas grand-chose. Il faudrait maintenant repasser ce corsage, un travail que la vieille dame exècre. Si elle restait un peu plus longtemps, assise dans sa belle bergère, à songer au bon vieux temps?

À ses enfants, oui. Un garçon depuis longtemps devenu un homme presque aussi âgé qu'elle, du moins c'est ce qu'elle ressent quand elle le voit. Passée l'inévitable rébellion de l'adolescence et malgré la distance tout aussi inévitable créée par son mariage, elle se sent proche de lui. On dirait que le cercle se resserre, que les boucles se bouclent.

La fille? Bien plus jeune que son demi-frère, elle galope encore à travers la vie, mais elle rentre de plus en plus fréquemment au bercail.

Et la génération suivante? Ses trois petits-enfants? Ils poussent. Deux filles et un garçon. Au téléphone, ils lui parlent comme à une amie.

En somme, la vie est belle. Oh, il ne faut pas se montrer impatiente à l'excès et surtout ne pas lui en demander trop. Le bonheur? Quelle était cette phrase qu'elle a lue, l'autre jour, chez Pierre Karch? «Rien de plus aveuglant qu'un bonheur ... qui nous empêche de voir les nuages.» Oui, c'était cela, à peu près. La vieille dame pourrait se lever et vérifier la phrase dans la collection de nouvelles où elle l'a trouvée, *Jeux de patience*, mais justement, elle n'en a pas la patience.

L'idée lui passe par la tête de compter ses amoureux du passé. Elle pourrait se servir d'un petit carnet, il y en a un tout neuf sur son bureau. Elle aime ça, les petits calepins aux souvenirs. Un amant, une page. Pierre, Jacques, Frédéric... Comment s'appelait-il, celui du voyage en Tunisie, l'autre, le boxeur berlinois qui s'est suicidé sans même lui dire au revoir?

L'envie de revivre les amours d'antan la tente démesurément. Son calepin rouge deviendrait un recueil de nouvelles érotiques. L'érotisme n'est-il pas à la mode? On s'arrachera son livre, les droits d'auteur seront considérables. Ses descendants? Ils croiront qu'il s'agit de fiction pure, surtout si elle continue de jouer le rôle de la vieille dame aux doigts capables de raccommoder un chemisier.

Mais si jamais elle venait à mourir, là, dans son fauteuil ou devant sa planche à repasser, n'importe où, que diraient-ils, devant un chemisier abandonné, laissé à la dérive au profit d'un registre, d'un calepin à l'état brut, des textes pas encore filtrés par des choix fictifs ou esthétiques? Vite, branchons le fer, repassons la belle blouse, oublions ces fantaisies qui ne sont pas de mise pour une vieille dame comme il faut.

Ô CANADA!

Autrefois, j'aimais ce genre d'homme. Grand, mince, cheveux bien coupés, mains expressives. Une voix ni douce, ni dure, agréable.

Le train roule après avoir quitté Ottawa avec quinze minutes de retard. «Ce n'est pas l'Europe», dit mon idéal des temps passés à sa femme de cinquante ou soixante ans, belle elle aussi. Ils rient. «Ce n'est pas la Suisse non plus, continue-t-il en se tapotant doucement les cheveux gris, quelle façon de gérer une société de chemins de fer!»

Je me raidis dans l'excès d'un patriotisme que je ne me connaissais pas. Dans quel train européen — je ne parle pas du légendaire Orient-Express — serait-on mieux servi que dans ce wagon de première classe de Via Rail?

Sa cravate est laide. C'est la deuxième fois qu'il se lève. Une fois pour aller à la toilette, cette fois-ci pour enlever son veston bleu marine sur lequel j'aperçois quelques pellicules. Il devrait éviter de se tapoter les cheveux, cet homme qu'autrefois j'aurais aimé. Ou alors porter du gris.

«Le vin est trop froid», se plaint-il après avoir avalé deux whiskys glacés. Du vin rouge non chambré, crime de lèse-majesté.

Et tout le long du trajet — quatre heures — il continue de critiquer le service. Du café? Ah non, pas avec le repas... Une boisson gazeuse? *Lovely idea, but...*

J'ai envie de demander à sa femme comment elle réussit à le supporter, cet homme qui ne lui laisse pas la moindre petite place sur l'accoudoir entre leurs sièges et qui parle alors qu'elle essaie de lire *The Globe and Mail.*

Mais, au fond, je suis contente qu'elle l'ait rencontré et épousé et surtout qu'elle se le soit gardé. Si j'avais fait la connaissance de cet homme, autrefois, il y a maintenant toute une vie ou presque, je me serais probablement amourachée de lui, j'aurais perdu mon temps à lui courir après, à le vouloir à tout prix. J'aurais voyagé avec lui pendant quelque temps, puis j'aurais été malheureuse.

Ce soir, je suis contente d'être assise derrière et non pas à côté de lui. En vérité, je ressens un tout petit peu de cette excitation sexuelle que je n'éprouve plus que très rarement. Peu importe. Je m'amuse à espionner un homme dans la lumière basse de ce train qui se hâte vers Toronto et fait à intervalles réguliers retentir son signal dans la nuit noire et enneigée.

Autrefois je l'aurais aimé, ce bonhomme insignifiant dont je fais un portrait superficiel en buvant un verre de Bailey's Irish Cream.

L'Europe? On y aurait voyagé. On aurait critiqué l'arrogance des Allemands, la nonchalance des Italiens...

Tiens, il fait les mots croisés, je vois dans la vitre le reflet de sa main, du crayon et du journal. Sa femme en profite pour lire la section sur la gestion des affaires. Explication trouvée: cette femme n'est pas malheureuse, elle gère leur vie, leurs occupations, leurs finances et leurs voyages. Il se plaint, elle s'en moque.

Si jamais j'avais fait la connaissance de ce monsieur, on aurait peut-être tiré les rideaux et fait l'amour dans un compartiment de seconde classe d'un train se trimbalant à travers la confusion de l'Europe de l'après-guerre. Puis je l'aurais quitté. On se serait dit adieu sur un quai de gare et chacun serait parti de son côté.

Kingston. Je vais dormir un peu. Toronto n'est pas loin, mon appartement m'attend, mon chien, mon ordinateur qui acceptera sans sourciller mon petit texte.

Je me rends compte que j'aime le Canada, en dépit de ses horribles hivers, de ses tempêtes de verglas insupportables que nous vivons dans un étonnant stoïcisme. J'aime la patience qui caractérise ce pays, sa tolérance.

Oh, je pourrais lui faire un long discours, à

cet homme que j'aurais autrefois aimé, lui parler des petits plaisirs de la vie dont il faut se réjouir, puisque le monde est en train de se démanteler. Mais déjà je ferme les yeux, laisse le train me bercer, m'endormir.

LE DOUTE

Ai-je vraiment... Vraiment? Le ciel est si bleu déjà, le soleil se lève. De nouveau, je me pose la question. Ai-je, à une époque ou à une autre, mais laquelle? Ai-je réellement tué... Mais qui? Quand? Comment?

Je l'aurais enterré, enfoui, dans un terrain marécageux près de la maison, je l'aurais recouvert de terre pourrie... Depuis on me poursuit et je m'échappe, je cours.

Pourquoi? Qui donc m'a acculée au point où seule la violence garantissait la survie? J'en ai perdu toute mémoire. Que m'avait-il fait pour que je le tue?

Comment? L'ai-je poignardé, étranglé, me suis-je procuré une arme à feu? Qui m'avait appris à m'en servir? Après le meurtre, qu'est-ce que j'en ai fait? Les questions se succèdent, se précipitent, je cours, je voudrais comprendre puis m'échapper car on me poursuit, on a tout découvert, il n'y a plus moyen d'échapper à la justice, il va falloir que j'accepte la responsabilité de mon crime.

Et je me réveille. Dans mon lit, un dimanche matin, incertaine de mon innocence comme de ma culpabilité.

LES ENFANTS DE BERLIN

Le 8 février 1997, cinq petits Berlinois sont dans un terrain de jeux tombés sur une grenade...

«*Mutti*, je sors avec les autres, on va se construire une cabane...

— D'accord, vas-y, mais ne rentre pas trop tard, reviens avant qu'il ne fasse noir.»

L'enfant ne rentrera pas. Ses quatre copains-copines, à qui leurs mères ont donné des instructions tout à fait semblables, ne rentreront pas non plus.

Lorsque la détonation retentit le long des immeubles entourant le terrain vague, les jeunes femmes ne songent pas à la guerre. Elles ne l'ont pas connue, elles n'étaient pas nées, elles non plus, tout comme leurs enfants.

«Qu'est-ce que c'était que cela», se demande l'une.

«Qu'est-ce qu'ils ont encore fait», s'interroge l'autre, déjà prête à réprimander son fils que l'on sait espiègle.

Il n'y a que le vieux concierge qui a compris. Immédiatement, il a appelé les services d'urgence. Des cris, des hurlements montent maintenant de la rue, les mères descendent les escaliers en courant, voici cinq enfants dont les sangs se mêlent.

Les pompiers arrivent, une ambulance, mais il en faut deux ou trois, on en appelle, les sirènes hurlent, les mères parlent doucement aux enfants, victimes d'une guerre vieille d'un demi-siècle que les mères ne pouvaient pas même imaginer.

Certes, il n'y a pas seulement les enfants de Berlin. Le Rwanda, la Bosnie, l'Algérie, l'Afghanistan où l'on garde sous clé et les femmes et les petites filles qui n'ont même plus le droit d'apprendre à lire...

Non! Je ne veux pas me faire une liste de toutes les atrocités. Car aujourd'hui, ce qui me touche, c'est l'horreur subie par les enfants de Berlin, cette ville où j'ai vécu une enfance heureuse.

Aujourd'hui, je me tasse dans mon petit appartement paisible, j'essaie d'oublier mais reste contre mon gré attentive à l'interminable fleuve qui charrie le sang de notre violence collective.

«SOIS PLUS DOUCE, IRMA»

Irma vient de perdre sa sœur. Sa sœur vient de disparaître, de s'éteindre, de décéder, de quitter le monde, de rendre l'âme on ne sait à qui. Sa sœur vient de mourir. Sa sœur est morte.

Il n'y a rien d'extraordinaire à cela. Elle avait plus de quatre-vingts ans et souffrait d'un cancer du poumon. À force de tant fumer, se dit Irma. À force d'être déraisonnable, fâchée avec le monde entier, à force de... Irma ne trouve plus de raisons, plus de motifs ou de causes pour cette maladie courte mais douloureuse dont elle a été témoin, pour cette agonie, cette mort.

À force d'être vieille, peut-être? Irma n'a jamais fumé, il est peu probable qu'elle mourra d'un tel cancer. Mais elle est vieille, elle aussi, et la mort de sa sœur aînée lui révèle sa propre fragilité. Irma y pense. Elle en a le temps, elle ne travaille plus, ces jours-ci.

Elle s'examine, passe son corps en revue.

Bon, elle le sait, sa glande thyroïde est un peu paresseuse, ce qui fait qu'elle a grossi, de huit livres, disons, mais le médecin affirme que ce n'est pas grave, qu'il suffit de faire plus d'exercice, de prendre l'escalier et non l'ascenseur, de ne plus toucher aux matières grasses, au chocolat.

À part cela, tout va très bien dans le corps d'Irma. Pour Marthe, évidemment, de telles questions ne se posent plus, ne se posaient déjà plus depuis des mois.

Irma se demande comment elle peut mêler des réflexions sur sa propre santé à des pensées sur la mort de sa sœur. Est-elle insensible à ce point? C'est un reproche que sa sœur avait l'habitude de lui faire. «Sois plus douce, lui disait-elle, on s'entendrait bien mieux.»

Irma voudrait verser des larmes. D'ailleurs elle aurait dû se mettre à sangloter le matin où on l'a appelée de l'hôpital pour lui dire que sa sœur venait de mourir. Elle n'a pas pleuré, elle a pris la voiture, elle a fait les quelques kilomètres qui les séparaient géographiquement. Elle avait pris la belle chemise blanche préparée à cette fin depuis quelques semaines, puisque dans leur pays on habille de blanc ceux et celles à qui il faut dire adieu.

Elle n'avait pas eu le courage de changer Marthe qui portait encore la blouse bleue dont les hôpitaux revêtent les malades. Elle avait eu peur d'être maladroite, de lui faire mal, de lui casser un bras, par exemple. Elle aurait voulu relever le menton, fermer la bouche grande ouverte, avait craint de ne pas en avoir la force. Elle n'avait pas non plus eu le courage de lui fermer cet œil resté ouvert, l'œil droit, bleu d'un bleu de gentiane, qui semblait l'observer.

Irma se le reproche. Elle avait bien demandé au préposé des pompes funèbres de faire tous ces gestes, mais pouvait-elle lui faire confiance?

Elle l'avait chargé d'emporter le corps de Marthe, la chemise, de faire tous les arrangements nécessaires afin que sa sœur puisse être incinérée selon ses désirs clairement notés dans son testament.

Mais n'aurait-elle pas dû rester auprès du corps, jusqu'à ce que la porte du four crématoire se ferme sur la défunte?

Irma s'en veut. Au lieu de ranger les affaires de sa sœur, elle aurait dû la veiller. Au lieu de préparer un texte à sa mémoire et de veiller aux détails de la réception qui allait suivre la courte cérémonie commémorative au crématorium, elle aurait pu... Pleurer, peut-être? Voir à ce que les employés traitent ce vieux corps ravagé par la maladie avec respect?

Elle a eu tort de leur faire confiance, Irma se le répète, mais cela ne sert à rien, c'est trop tard. Marthe n'est plus que cendres.

Les cendres. Marthe avait voulu que l'on confie ses restes à ce grand lac au bord duquel elle avait promené son chien, par toutes les températures et jusqu'à ce que la maladie l'en empêche.

Irma s'y était donc rendue, en voiture, ayant posé à côté d'elle, sur le siège habituellement réservé à une personne, cette boîte rectangulaire en carton dans laquelle se trouvaient, enfermées dans un sac en plastique transparent, les cendres de Marthe.

Irma avait eu peur, peur que quelqu'un vienne lui demander ce qu'elle faisait là, peur qu'on lui demande d'ouvrir la boîte, d'en expliquer le contenu. Mais il était six heures et demie, les gens dormaient encore.

Arrivée à l'endroit voulu, Irma est descendue de la voiture, a pris la boîte qui lui semblait bien lourde, s'est avancée vers la falaise. Non, elle n'allait pas jeter les cendres du haut de ce mur naturel, elle emprunterait plutôt l'escalier en fer qui mène à la plage rocheuse. Elle est descendue prudemment. Maladroite, Irma avait peur de glisser, de se casser la jambe, d'éparpiller le contenu de la boîte qu'elle avait sous le bras gauche pendant qu'elle se cramponnait de la main droite à la rampe de l'escalier rouillé.

Le lac était bleu, bleu-gris. De petites vagues vives venaient en cadence régulière mouiller les galets sur lesquels Irma marchait maintenant à pas incertains.

Le soleil se levait, rose. Nous étions au mois de novembre, mais il ne faisait pas froid. Irma regarda autour d'elle. Elle était seule avec sa sœur qui n'existait plus que dans l'esprit de ceux qui l'avaient connue.

Lentement, Irma a versé les cendres sur les pierres au bord de l'eau. Un petit monticule que les vagues venaient tout de suite chercher pour l'emporter.

Et c'est alors — spectacle grandiose et doux à la fois, mystique, le mot n'est pas trop ardent — que les cendres sont devenues nuage, un nuage crémeux s'étendant toujours plus grand tout en s'en allant sous la surface de l'eau vers l'horizon.

Certainement apaisée, Marthe avait entrepris un dernier voyage vers une destination inconnue.

Irma l'a suivie longtemps des yeux. Puis elle a remonté l'escalier, a fait démarrer la voiture, tout en songeant à ce qui était encore à régler. Les décès entraînent et des formalités et des réflexions. Mais Irma savait maintenant qu'à la fin la sérénité est possible.

LE CADEAU MATERNEL[3]

Ma mère n'était pas trop habile quand il s'agissait de préparer des colis postaux. Elle ne savait
pas non plus faire de paquets-cadeaux, tels que
les vendeuses dans les magasins élégants en
préparent avec du beau papier et de jolis rubans. Les maisons qui acceptaient de faire ce
travail pour elle et de se charger, en plus, de
l'expédition la rendaient heureuse. Ses trois
filles vivaient à l'étranger et elle songeait conti-
nuellement à ce qu'elle pourrait leur envoyer.

L'histoire que je vais vous raconter s'est dé-
roulée cinq ans après la Seconde Guerre mondiale, à une époque où les services de vente
manquaient encore de finesse.

Voilà pourquoi le petit paquet qui m'est arrivé un beau matin après un long voyage de

---

3 Une version de ce texte a paru, en traduction anglaise, dans
Joanne Elder et Colin O'Connell, *Voices and Echoes : Canadian
Women's Spirituality*, Studies in Women and Religion (vol. 4)
Waterloo, Wilfrid Laurier University Press, 1997.

Berlin à Tunis, avait l'air plutôt inélégant. Le papier brun était troué aux coins, les timbres s'apprêtaient à tomber, la ficelle mal ficelée faisait de son mieux pour sauvegarder le contenu, bref, le facteur m'a donné ce jour-là mon courrier d'un air désapprobateur.

Je secoue la boîte, son contenu fait un petit bruit doux. Un bijou, peut-être, enveloppé dans du papier de soie? Un portefeuille? Pourtant, ce n'est pas mon anniversaire...

«*Drei brauchst Du nicht*», lisais-je sur la petite carte qui accompagnait le cadeau. «Deux, ça suffit.»

Deux enfants, avait dû se dire ma mère, ça suffit. Elle-même en avait eu trois. Mais elle n'avait pas choisi d'aller vivre dans un pays étranger, sur un continent inconnu. Et elle n'avait eu que des filles, alors que moi, j'avais deux garçons.

1950. Tunis. Grossesse? Contraception? Peur.

Un autre enfant? Tous les mois, cette terrible peur. Une semaine avant la date fatidique, les seins sont plus sensibles que d'habitude, premier signe qu'il n'y a probablement rien. Mais le désir de voir du sang persiste, comme l'espoir. Enfin, une fois encore, le soulagement.

Puis l'incertitude reprend. J'entreprends de timides recherches pour découvrir ce qu'il faut faire. Capotes anglaises... Coïtus interruptus... Et aussi la Méthode Ogino: des relations sexuelles seulement durant certains jours du cycle. Les renseignements sont vagues. De telles choses ne se discutent pas.

Peur. Jouissance?

Or, là, dans une petite boîte en carton... ma mère... ma mère m'avait envoyé cet objet. Objet en caoutchouc, rond, d'à peu près sept centimètres de diamètre. Du caoutchouc brun rattaché à une espèce d'anneau, de ressort ou de spirale.

Clic, ça se plie. Clic, la chose reprend sa forme originale. Un bonnet. Un couvre-chef. J'en avais entendu parler. Une sorte de béret basque à mettre sur l'utérus. Couvrons l'entrée et le tour est joué, plus besoin de s'inquiéter.

Mais comment? Clic, je plie l'objet, l'introduis dans mon vagin. Clic, aïe, est-ce installé comme il faut? Ou bien, tel un béret perché sur la tête d'un homme, l'objet couvre-t-il seulement une partie de ce qui est ici à protéger? Ne se tient-il pas de travers, penché d'un côté, avec coquetterie, comme pour inviter l'invasion? Sortons-le, vite. Ce truc n'est pas confortable.

Je fouille dans le carton, mais sans trouver de mode d'emploi. «Ma fille saura, a-t-elle dû dire au pharmacien tout en payant sa trouvaille, elle est assez intelligente.» Certes, elle n'allait pas en discuter davantage avec un homme qu'elle ne connaissait pas. Le paquet, fait tant bien que mal, est mis à la poste.

Il ne faut pas croire que je lui avais demandé de me procurer l'objet; nous n'avions jamais effleuré le sujet. Mais elle était sûrement convaincue que je ne pourrais supporter une troisième grossesse, un autre accouchement.

Le premier

Peu après la guerre. Un pays étranger, une langue étrangère.

«Poussez, Madame», dit la religieuse et je me demandais avec confusion ce que j'étais censée pousser. Moi-même encore enfant ou presque, je pensais que ce bébé allait tomber de moi, ramper vers l'extérieur, tout seul, sans effort de ma part.

«Poussez, Madame.» Pas d'autre explication, aucune pitié devant mon ignorance, ma douleur, moi.

Il était tout petit, chétif. Malade. Moi aussi. Comment avons-nous fait pour survivre? Je me le demande encore.

Le deuxième

Deux ans plus tard. Cette fois-ci, ma mère est près de moi. Je grogne, je hurle comme le font les femmes dans les romans que j'ai lus, les femmes qui accouchent derrière des portes fermées pendant que les autres membres de la famille écoutent les cris terrifiants, jusqu'à ce que la sage-femme apparaisse, finalement, avec le nourrisson enveloppé dans de doux molletons.

«Pourquoi cries-tu ainsi», me demande ma mère.

«Ben, je bafouille, les douleurs, tu comprends?» Elle rit.

«Oublie-moi ça. Respire. Pousse quand je te le dis.»

Mais, oh, Maman, pourquoi cet accouchement dure-t-il si longtemps? J'ai envie de tout arrêter, de dormir.

Une épisiotomie. À vif. Pas d'anesthésie, ni locale ni autre. Assis sur un tabouret placé entre mes jambes emprisonnées dans de froids étriers, le médecin a mis ses lunettes pour me rafistoler: «Ici, vous le sentirez. Là, vous ne vous en apercevrez même pas. Questions de nerfs, Madame.»

Ma mère me tient la main, me dit doucement à l'oreille qu'elle aimerait gifler l'homme cruel.

L'enfant est énorme. Douze livres. Resplendissant de santé. Quant à moi, je suis exténuée, totalement. «Dors», me dit ma mère.

Drei Brauchst du night.

Deux, en effet, ça suffit. Mais alors, comment faire pour insérer correctement le fameux objet? Quand? Pour combien de temps? Je prends rendez-vous chez le médecin. Il me dévisage, incrédule, me renvoie chez moi. Nous sommes en 1950, à Tunis. Aucune contraception. J'écris à ma mère sans lui dire que je suis incapable de me débrouiller.

Mais d'une façon ou d'une autre, par magie peut-être, ça marche, ça me protège. Un diaphragme dans une vieille boîte, dans le tiroir d'une commode, fait l'affaire. Pas d'autres grossesses. Pas d'autres enfants. De la jouissance alors?

DREI BRAUCHST DU NIGHT.

Pendant de longues années, je le garde, le diaphragme. Dans sa boîte, dans le tiroir d'une commode. Sans jamais tomber enceinte. Je sais, ce n'est qu'un hasard. Ma mère n'y est pour rien, n'y était pour rien. Ma mère est morte.

Qui osera affirmer, de nos jours, qu'il y a vraiment un ciel? Qui nous expliquera comment les âmes sont censées s'y rendre? Et, de toute façon, ma mère ne pourrait imposer sa volonté à mes entrailles d'où qu'elle soit, au paradis ou seulement dans ma mémoire.

J'ai changé d'homme. Je n'ai plus peur. Nous sommes au Canada, en l'an 1962. La pilule existe. Mais moi, je n'en ai guère besoin, j'ai un talisman en caoutchouc. Je ne le porte pas autour du cou, je ne le porte nulle part, je le garde simplement dans un tiroir. De la jouissance pure?

Le nouvel homme est difficile, jaloux.

«Tu l'as déplacé!

— Quoi?

— Le truc. Le diaphragme. Il était toujours ici, sous tes pulls. Quand tu sors, quand tu rentres tard, je regarde...

— Dans mes tiroirs, pour voir si ça y est?»

Incrédule, je me mets à rire.

«Oui. Et, aujourd'hui, ça n'y était pas.»

Je ris. J'essaie de comprendre ce raisonne-
ment sinueux: Le diaphragme n'est pas à sa
place... Elle est sortie, l'a emporté... Elle est en
train de faire l'amour...

Non, je ne permettrai pas à cet homme de me
tourmenter ainsi.

«Il doit être quelque part. Sous mes culottes,
peut-être... Hier, j'ai fait de l'ordre dans mes
tiroirs.»

Il ne me croit pas. Pourquoi pense-t-il que
j'emploierais le diaphragme avec quelqu'un
d'autre alors que je ne m'en sers pas avec lui?
Pour me garantir contre quoi? Et pour quelle
raison persiste-t-il à me croire infidèle? Je me
fâche. Mais il faut que je reste calme.

Je décide de lui raconter toute l'histoire. Celle
du petit paquet. De ma mère. De mon manque
de dextérité. J'essaie de lui faire comprendre la
force magique d'un diaphragme dans un tiroir.

DREI BRAUCHST DU NIGHT.

Il ne me croit toujours pas. Je cherche, trouve
le cadeau maternel dans un des tiroirs. Je le
mets aux ordures. Le charme est rompu, j'en
suis certaine.

J'ai mal. J'ai besoin qu'on me berce, me dor-
lote. Je pleure et je pardonne. La jouissance

pure et simple n'existe pas.

Un an plus tard naît mon troisième enfant. Un accident? Une fille, en tout cas. Un peu comme moi, un peu comme ma mère. Trois maillons d'une même chaîne.

*D*REI *B*RAUCHST DU NIGHT.

Parlait-elle de garçons? Oui, c'est évident. Je suis tellement heureuse d'avoir une fille à bercer, à dorloter, à protéger. Même si aujourd'hui cette fille a plus de trente ans.

Et vous l'ai-je dit? Ma mère magicienne me manque. J'aimerais la savoir près de moi, plus que par l'esprit. J'aimerais qu'elle prenne ma main quand, de nouveau, la douleur frappera, le désespoir inévitable.

LE CORPS ÉCRIT[4]

Coulée dans le bronze, la signature de mon père. Simple, lisible. Lettres conjointes, courte séparation entre le prénom et le nom de famille. Les o dominent dans les deux. Ronds et sonores.

Coulée dans le bronze, fixée sur un bloc erratique devenu pierre tombale. Des dates.

Tel qu'il signait ses livres, ses lettres. Aucune mention de Dieu, aucun verset. Tel qu'il a vécu. Une signature que je vois là, sur la photo de sa tombe et qui est gravée dans ma mémoire.

Ma mémoire où tourbillonnent les faits, les mots, les phrases entendues une fois puis jamais oubliées : Tu la trouves très laide ? Question posée à ma sœur aînée, par ma mère qui me croit endormie... Je ne t'ai jamais aimée ! Affirmation prononcée après onze ans de vie commune... C'est une exaltée, une hystérique, une folle...

---

[4] Ce texte a paru dans *Le Sabord* (hiver 1997).

Mais comment se fait-il que le négatif domine ce soir mon registre personnel? Je me détourne. Me tourne vers ma bibliothèque que j'espère neutre mais qui ne l'est pas puisque c'est moi qui ai choisi ce qui s'y trouve: Proust, Sarraute, Duras, des Allemandes, une jeune Torontoise, des Québécoises. Les poètes. Je prends un livre, je lis un texte. Puis un autre, un autre encore. Plaisir. Surprise parfois. Rarement un gris nuage d'ennui.

Les dictionnaires. Celui du français. Et de ses difficultés. Celui des symboles. Trésors insoupçonnés, places imaginaires, faits littéraires, citations. Femmes. Voyages à l'infini. Le je s'évanouit.

Baigne dans les mots qui deviennent mer bleue. Les vagues des pages le portent, voluptueux, l'emportent, n'importe où.

Le je décide d'écrire. Se met à l'ordinateur qui imprime si clairement les mots et les phrases sur son écran. Obéit aux doigts qui dansent sur le clavier, montre le texte aux yeux attentifs. Étrange collaboration de l'imagination et de la machine. Discrète, presque silencieuse, l'imprimante fait glisser la page que la main impatiente s'apprête à saisir.

Réflexion. Ratures. Souvent retour à la première version. Cette facilité de l'instrument moderne est très satisfaisante.

Je me rappelle la vieille Remington paternelle. De son rythme martelé, elle imposait le silence à la famille respectueuse du travail du père qui, penché sur sa machine, s'efforçait de produire des pages claires et nettes. Puis, lisait-il un livre? le silence régnait, j'allais lui parler, il m'expliquait le monde.

L'autre jour, en feuilletant un des romans qu'il aimait et qui est venu échouer chez moi, j'ai trouvé entre deux pages, caché dans le pli, une sorte de demi-lune, morceau d'ongle, tombé là par accident, coupé à un moment ou à un autre.

Je pose ce qui me reste du corps de mon père sur l'ongle de mon index droit. *It's a perfect fit*! Pendant quelques instants, cela est plus important que le livre, plus important que tous les trésors de la mémoire. Contact physique, intimité inattendue, plus de vingt ans après la mort, la réduction du corps en cendres grises.

Ayant retrouvé sa place entre les pages, le morceau d'ongle s'incruste dans la mémoire lui aussi, entre les mots, les phrases, les bribes de ce que je sais, pense, imagine.

Pieusement, je replace le livre sur son rayon. La parole imprimée a accompli sa tâche, pour aujourd'hui du moins.

BUCHENWALD[5]

L'enfant avait toujours les yeux cernés, même quand elle venait de se lever. Une allergie? Ma sœur disait que c'était héréditaire, que je n'avais qu'à regarder l'album avec les photos des ancêtres. En effet, il y avait là toute une galerie de femmes à l'allure grave, aux yeux mornes, cernés de noir. La mère de l'enfant, un médecin, n'avait pas de réponse précise au sujet de sa fille. Et elle ne s'inquiétait point du vague de son diagnostic.

Moi, j'étais convaincue que Carla souffrait d'insomnie. C'était elle qui donnait les ordres dans cette maison et je me disais qu'elle devait se tenir éveillée une bonne partie de la nuit, se demander si la famille n'allait pas tenter de lui échapper, si vraiment elle en avait tout le contrôle. Le matin, en vrai Louis XIV, elle vérifiait son pouvoir:

---

[5] Une version postérieure, en français et en traduction anglaise, se trouve au www.fl.ulaval.ca/cuentos.

«Fais-moi un chocolat!»

Promptement, sa grand-mère se levait. Même si elle n'avait pas encore fini son petit déjeuner, elle allait sans se plaindre à la cuisine, mettait le lait à chauffer, le saupoudrait de cacao, le fouettait pour qu'il n'y ait pas de grumeaux. Car Carla n'aimait pas les grumeaux. Si jamais il y en avait, elle regardait le contenu de sa tasse avec dégoût, sa grand-mère avec mépris, ne buvait pas.

Rien de ce que je faisais ne trouvait grâce à ses yeux. Elle me réprimandait du matin au soir:

«Ne t'assieds pas dans ce fauteuil. C'est le mien.

«N'entre pas dans ma chambre.

«Écarte-toi de mon chemin.

«Non, je ne veux pas que tu m'adresses la parole. Je veux que tu partes. Je ne veux pas te voir.»

Aucun sourire. Ses yeux cernés, ses sourcils froncés, sa bouche sévère me faisaient reculer. Les yeux surtout. Gris, durs comme des boutons, ou bien comme ces yeux en porcelaine dont on affublait autrefois les poupées. De temps à autre, et ce n'était pas plus agréable, elle se couvrait les yeux d'une main en me parlant, m'indiquait de l'autre une fin de non-recevoir, un rejet définitif.

Le matin, les oiseaux pépiaient joyeusement dans les grands arbres du jardin, alors que je me réveillais pleine d'angoisse. J'aurais voulu rester couchée, prétendre un malaise, me rendormir.

Sortie finalement de mon lit, j'essayais de ne faire aucun bruit de crainte qu'on ne vienne s'enquérir de moi. J'écoutais les voix, les pas des autres dans l'escalier, chaque jour je tâchais de déterminer si Carla était de bonne humeur ou non. Je me demandais ce que je lui avais fait, quel défaut de mon caractère m'empêchait d'établir un contact avec elle, provoquait chez elle ce refus absolu de ma personne.

Puis, contrainte d'abandonner mon refuge, je rejoignais à pas hésitants la famille en train de prendre le petit déjeuner sur la terrasse entourée d'énormes rhododendrons aux fleurs mauves. C'était l'été, la journée s'annonçait belle, j'étais en vacances, chez ma sœur que je ne connaissais pas si docile, dans la vieille maison où nous avions toutes deux grandi.

Ce matin-là, j'ai dû dire quelque chose, je ne sais plus quoi, j'ai probablement posé une de ces questions aimables qui sont de rigueur au petit déjeuner, dans les familles paisiblement bourgeoises. Bien dormi? Qu'est-ce qu'on va faire aujourd'hui? Tu as des plans?

Carla me fait tout de suite sentir que je ne suis qu'une intruse: «Je ne veux pas que tu nous parles.»

Au fond, bien sûr, elle a raison. Ça fait longtemps que j'ai quitté l'Allemagne, que je n'y vais plus que pour de courtes visites. Mais je prétends ne pas avoir entendu. Tout en faisant des commentaires sur la belle température, je prends un petit pain croustillant, l'ouvre, y étale du bon beurre, de la confiture d'abricots. Je le croque. J'ai l'air de me régaler, alors que je sens des crampes me saisir au ventre.

On me verse du café, j'y ajoute un peu de crème. Ma sœur me tend une partie du journal. Ce n'est pas de l'indifférence, non. Nous avons ça en commun, nous aimons commencer la journée, le journal à la main.

Elle-même est plongée dans les nouvelles de la bourse, sa fille lit les annonces. Ma nièce cherche-t-elle un nouveau mari? Ma sœur a-t-elle des soucis d'argent? Ce ne sont pas des questions à poser par un matin ensoleillé.

Je prends la section des nouvelles du monde. Qui ne sont pas bonnes, on le sait. Massacres en Afrique, tremblements de terre, incendies, accidents d'avion ou détournements, bombes, assassinats...

Pendant trois ou quatre minutes, Carla nous permet de lire. Puis, d'un geste maladroit et peut-être volontaire, elle renverse son chocolat. Sa mère court à la cuisine chercher une éponge. Il faut débarrasser la table, enlever la belle nappe tachée. Un petit pain tombe par terre, un couteau. Nous ne lisons plus. Une petite fille de quatre ans nous en empêche.

Je monte à ma chambre qui est celle de mon

enfance. Je me sens chez moi et je ne le suis plus. Sur le petit bureau où je faisais autrefois mes devoirs, il y a mon passeport, mon billet d'avion. Je pourrais écourter mes vacances, rentrer chez moi, prendre la fuite.

Ou alors hurler, donner quelques claques à cette Carla féroce et apparemment indomptable, me jeter sur elle, pas pour la briser, mais pour faire cesser cette irritation constante. Par la violence, oui... Les coups, les cris, s'il le faut. Mais déjà je m'effondre, épuisée par le vent furieux qui vient de me secouer.

Je n'en veux pas, de la sévérité que Carla démontre. J'ai vécu ici autrefois, sous les *Verboten* affichés presque partout. J'ai entendu les militaires claquer des talons, Hitler et Goebbels déclamer leurs slogans à la radio... Après la guerre, à la première occasion, je me suis enfuie.

J'aime l'Allemagne, ce beau pays aux produits impeccables, fugues, cathédrales, automobiles, machines et contes de fée. Mais là, elle me fait mal. Une enfant de quatre ans soulève en moi toute la nausée devant l'autre côté de la médaille, celui que je ne réussis pas à effacer.

Barbelés. Wagons à bestiaux. Bergers allemands. Chambres à gaz et fours crématoires. Les images défilent au pas de l'oie, ma tête est prête à éclater.

Est-ce simplement parce que j'étais trop jeune encore, à l'époque du régime nazi, que je ne suis pas devenue tortionnaire? Qui me garantirait des horreurs que je pourrais commettre moi aussi? Je porte le crime en moi, celui des autres, la possibilité du mien. Je pourrais étrangler Carla, par exemple, cette petite qui semble personnifier ce que je voudrais oublier.

Peut-être la visite d'un lieu de supplice me permettrait-elle de me désensibiliser? À voir des films d'horreur, ne perd-on pas sa peur devant l'épouvante?

Je me dis qu'il est temps de regarder en face le fantôme du passé, d'avoir le courage de faire un pèlerinage à rebours: au lieu d'aller me prosterner devant un lieu saint, je me tiendrai debout devant le lieu sinistre le plus proche. Je mettrai les pieds là où d'autres ont trébuché, je regarderai attentivement ce qu'ils ont eu le malheur de voir.

Weimar, ville de Goethe et du camp de concentration de Buchenwald, est à trois heures de train. J'achète mon billet, attends sur le quai, monte dans le wagon, m'installe.

J'ai apporté un livre, le sors de mon sac. Dix minutes plus tard, je ne l'ai toujours pas ouvert. Un roman, pourtant, ce serait un moyen de m'évader? Je suis inquiète, nerveuse. J'ai pris cette décision d'affronter... quoi? Les monstres d'un autre temps? Non. Moi-même plutôt, le monstre qui m'habite, que je réprime quotidiennement, cet être allemand de mauvaise renommée. Elle est précise? ordonnée? ponctuelle? Mais oui, c'est son côté germanique...

Elle est brusque? autoritaire? froide? Ah, ça s'explique, c'est son côté... Mes juges m'alignent avec ceux qui...

Non, je ne peux pas lire. Pas maintenant. Que faire alors pour cesser de me tourmenter ainsi? Le silence règne dans le wagon, les roues tournent avec régularité, je ne dois pas montrer mon agitation, non, je dois me maîtriser, me distancier de ce qui se passe en moi, ne pas éclater en sanglots, ne pas crier ma honte, ne pas, cinquante ans après, évoquer les rames de wagons scellés, ce serait ridicule, ça dérangerait les autres passagers qui ne m'ont certainement rien fait et n'ont probablement commis aucune atrocité.

Je me mets à les observer. Ils ont l'air calme. Un jeune lit, non, il étudie. Il a un crayon à la main, écrit dans les marges. À intervalles réguliers, disons toutes les trois minutes, il se frotte la tempe gauche. Peut-être a-t-il mal à la tête. Peut-être n'aime-t-il pas entendre le bruit des aiguilles métalliques avec lesquelles une femme tricote un chandail d'enfant. De temps à autre, elle a des difficultés: les fils de son tricot à plusieurs couleurs, rouge, bleu et violet, s'entortillent, elle est forcée de les démêler. Elle soupire. Mais déjà elle attaque une nouvelle rangée. Le contrôleur passe, poinçonne nos billets. Le jeune a cessé de se frotter la tempe.

J'ai mal au ventre. Plus on approche de Weimar, plus les crampes se font sentir. Erfurt passé, je crois percevoir une odeur de chair humaine brûlée, me dis que j'imagine des choses, que je suis bel et bien hystérique. Le temps des horreurs est terminé. Nous sommes en 1995.

La gare de Weimar. Vieillotte. C'est l'Allemagne de l'Est, fatiguée, mal entretenue, pas encore entièrement rénovée. Mon voyage est un véritable retour au passé, c'est comme si la guerre venait tout juste de se terminer.

Une dame au bureau de renseignements me dit qu'il y a un autobus pour Buchenwald, le numéro 6, qui mettra huit minutes pour faire les huit kilomètres. Je ne savais pas que c'était si proche. Les crampes redoublent.

Je trouve les toilettes qui datent visiblement d'avant-guerre. Ça sent le désinfectant, la vieille urine. Les murs carrelés sont sales. Revêtu de carreaux noirs et blancs, le sol n'a pas été lavé depuis longtemps. Les robinets au-dessus des lavabos sont ternis. Des mains de générations de femmes ont laissé leurs traces sur les portes grises des cabines. J'ai chaud tout à coup et je tremble. J'ai honte de mon recul; les voyageurs de la mort n'ont pas eu droit à pareille halte.

Des chasses que l'on tire, des sièges en bois brun, des cuvettes tachées d'excréments. Tant pis, je dois m'enfermer dans un de ces réduits. J'ai la diarrhée à n'en plus finir. J'ai mal. Je suis malade. Je ne veux pas prendre l'autobus, je ne veux pas aller à Buchenwald. J'ai peur.

Je sors de la gare, trouve l'arrêt du 6. Deux

hommes y attendent, parlent en anglais de la chaleur incroyable qui sévit cet été, sur le continent européen. Je crois comprendre qu'ils se rendent également à Buchenwald. À les écouter, je me sens un peu mieux, me rappelle que, dans un sens, je suis étrangère ici, moi aussi.

Voici l'autobus. Nous montons. Il y a d'autres passagers. Deux femmes, quelques jeunes, un vieillard. Était-il à Weimar au temps de l'Holocauste? Les Anglais se parlent à voix basse.

Le long de la route, je vois des points de vente d'automobiles, un petit centre commercial, des maisons. L'autobus s'arrête une ou deux fois.

Puis nous traversons un bois de hêtres encore jeunes, d'un vert clair et lumineux. Buchenwald! W-a-l-d... Mon corps vibre au son du mot. Les forêts des promenades de mon enfance surgissent, mon père me tient par la main, me fait répéter les noms des arbres, le soleil s'insinue à travers le feuillage, comme il s'infiltre à travers les vitraux d'une cathédrale, la mousse est un doux tapis.

Buchenwald: autrefois une vaste et belle forêt, puis un nom, marqué au fer rouge dans l'abécédaire de la mémoire. Aucun reboisement ne saura y remédier.

Au terminus, il n'y a plus que les Anglais et moi. Il est dix heures. Nous nous trouvons à l'entrée du camp. Un écriteau rappelle dans plusieurs langues que les convois de prisonniers faisaient le trajet de la gare jusqu'ici à pied. J'entends les ordres des SS, les coups, les gémissements étouffés de ceux que l'on chasse vers plus de souffrance encore. Les chiens aboient.

Le portail en fer forgé porte l'inscription «*Jedem das seine*». À chacun son dû. Qui, nom de Dieu, a poussé l'ironie, non, la cruauté à ce point? J'en ai le vertige, la nausée, pourquoi me suis-je imposé ce calvaire? C'est machinalement que j'avance.

Nous achetons nos billets d'entrée. Ai-je l'air perdue? Les deux Anglais me saluent dans leur langue, affirment qu'il me faudrait au moins quatre heures si je désire tout voir. Eux, c'est leur deuxième journée à Buchenwald.

Je m'attarde au centre de documentation. J'achète quelques cartes postales, des timbres, un guide. Je feuillette des livres. Je sors. Il le faut. Il n'y a plus moyen de reculer.

Un vaste champ. Quarante-six hectares vides. Un vide muet chargé d'émotion. Je m'étais attendue à voir des baraques, à y entrer. Rien. Une immense étendue dans laquelle je ne suis rien.

La lecture du guide m'apprend qu'en 1945 les Russes ont mis le feu à l'enfer qu'avait été Buchenwald. De grands rectangles de béton noir indiquent aujourd'hui l'emplacement des baraquements, appelés «blocs» dans le langage concentrationnaire.

Soixante rectangles au moins, remplis de

pierres noires. Des milliers, des centaines de milliers... si de chaque pierre devait se lever une victime...

Je ne peux m'en empêcher, je ramasse furtivement une petite pierre triangulaire, noire comme les triangles que portaient les détenus qualifiés d'anarchistes. Je la glisse dans la poche de mon pantalon. Il me faut ce *memento mori* concret, touchable, lourd.

Au loin, je vois l'ancien bâtiment de la désinfection, le magasin d'habillement, le crématoire, sa haute cheminée. Même l'air est sans mouvement.

Nous sommes une trentaine de personnes à visiter les lieux. Nous nous rencontrons de temps à autre, nous ne nous saluons pas, ne nous sourions pas. Muet devant l'immensité de cet univers de la douleur, chacun vérifie de temps à autre où il se trouve, à l'aide du guide ou de la carte reçue avec le billet d'entrée. Puis il reprend le chemin dont la documentation marque les étapes.

La maison d'arrêt. Des cellules étroites dans lesquelles des tortionnaires s'acharnaient à briser leurs victimes. Je sors de cette bâtisse silencieuse, poursuivie par des sanglots, des craquements d'os, des hurlements. Imaginaires, je sais, moins effrayants que la réalité, oui, mais...

La place d'appel où deux fois par jour l'on comptait les internés, dans un fou souci de tout enregistrer, numéroter, contrôler afin d'anéantir toute individualité. C'est ici que l'on procédait à des bastonnades en public, le supplicié, nu, attaché sur un chevalet, sa dignité meurtrie, soutenue seulement par ceux que l'on force à assister, muets, à son supplice. C'est ici que d'autres devaient se tenir debout pendant des heures, chanter, rester suspendus à un poteau, attendre de mourir.

Aux vivants de charger les cadavres dans des charrettes à bras, de traîner celles-ci jusqu'au crématorium, de faire descendre les corps le long d'une glissière, dans le sous-sol du bâtiment, où d'autres malheureux les déshabilleront avant de les porter au service de pathologie. Arrachage des dents en or, prélèvement de lambeaux de peau... Puis le monte-charge transportera les pauvres dépouilles mortelles, dépouillées de tout, dans la salle des fours.

Cette salle aujourd'hui si propre. Quatre fours alignés soigneusement, ouverts. Aucune poussière, aucune trace. Combien de cadavres l'esclave de service devait-il y tasser à la fois, avant de pouvoir fermer la porte sur cet amas de misère humaine? Lui laissait-on le temps de les saluer, de dire une prière?

Le soir, à Buchenwald, l'âpre fumée noire monte vers un ciel lourd comme le couvercle d'un chaudron sous lequel frémit le malheur.

Dans l'obscurité de la nuit, des prisonniers croque-morts ramassent les cendres à la pelle, les enfouissent dans des sacs, en chargent un camion, sont conduits au *Trou du diable*, une dépression naturelle à l'extérieur du camp. Ils y déversent le contenu des sacs infiniment lourds. Le *Trou du diable*, une immense fosse commune.

Aucune chambre à gaz. À Buchenwald on meurt de faim, de fatigue, de désespoir. Du typhus. De la tuberculose, que sais-je. On meurt tué par quelqu'un d'autre, quelqu'un dont le métier est de tuer. Cinquante-six mille hommes, femmes, enfants, de toutes les nationalités, races, religions, convictions. Buchenwald, atelier efficace de la mort, comme tant d'autres.

Exécutions de masse: sur la place d'appel, dans les Blocs 46 et 50 qui abritent des stations d'expérimentation sur des cobayes humains injectés de virus et de vaccins. Coup de revolver dans la nuque du prisonnier à qui l'on a ordonné de se mettre contre un mur, sous une toise comme il y en a dans les cabinets des médecins. On ne le mesurera point. À travers une fente aménagée dans le mur, le bourreau tire. Méthode ingénieuse, rapide, discrète qui évite la rencontre de l'exécuteur et du condamné.

Il n'en est pas ainsi dans le sous-sol du crématoire: quarante crochets cimentés en haut des murs d'une petite salle. L'horreur me submerge. Non, je ne pense plus à Carla, petit satrape sans importance, c'est moi qui suis dans cette pièce dont le sol est jonché de cadavres sur lesquels je dois me tenir debout. Je tressaille, je veux sortir d'ici, j'affirme mon innocence, quarante visages se tournent vers moi, les corps d'hommes, de femmes, d'enfants sont accrochés tels des côtes de bœuf dans une boucherie, un abattoir, le sang coule, je dois vomir, j'ai besoin d'air, je cherche une fenêtre inexistante, un peu de lumière, une issue.

Les deux Anglais entrent dans la salle, je ne peux pas les regarder, je suis terrassée par la honte, ils me prennent par la main, me font sortir, je me cramponne à eux, je les suis, comment se fait-il qu'ils veuillent ainsi me sauver de mes tourments?

«Respirez, Madame, regardez, il y a du soleil, un enfant là-bas qui court...»

En effet, je me le redis, nous sommes en 1995, il y a les vestiges d'un enfer ici, mais ce n'est pas l'enfer, l'enfer est en moi, je suis descendue au plus profond de mon être et des inconnus me tendent l'échelle de corde, me lancent la bouée dont j'ai tant besoin.

Ensemble, nous visitons le bâtiment de la désinfection, aujourd'hui transformé en galerie d'art. Dire que des prisonniers ont trouvé la force de dessiner, à l'encre, au crayon, au charbon de bois, sur des bouts de papier misérables! Courage. Désir de vaincre. Je cesse de m'apitoyer sur mon sort.

Pourtant c'est ici, dans ce bâtiment, qu'ils

ont, le jour de leur arrivée, dû ouvrir leur petite valise, leur paquet, leur havresac, que les préposés ont enregistré ce qu'ils y trouvaient, deux paires de chaussettes, un livre, un crayon, oui, un bijou peut-être, cousu dans l'ourlet d'un manteau. Montres, médaillons et alliances. La liste méticuleusement calligraphiée s'allonge. Vint la mise à nu du corps, son inspection, le rasage total, l'immersion dans un bain de désinfectant, suivi d'une course effrénée, sous les fouets, le long d'un tunnel, vers le magasin d'habillement. Vêtements rayés, sabots. Étoiles jaunes, triangles roses, blancs, rouges ou noirs...

J'avais étudié l'histoire, consulté des livres, des documentaires, des photographies. À Buchenwald, tout se concrétise pour moi.

Le musée. Ron et David restent près de moi. Nous ne nous parlons pas, il n'y a rien à dire, nous nous trouvons devant une documentation cruellement précise qui nous coupe le souffle. Deux étages d'objets, de documents. Des registres. Des lettres interceptées, jamais reçues. Des détails sur le service de prostitution, pour les SS et les kapos. Des rapports sur les expériences scientifiques, sur le nombre et le poids des dents en or, la fabrication des abat-jour en peau humaine. Existent-ils toujours? Y a-t-il encore des gens qui lisent, le soir, à la lumière tamisée par la souffrance d'autrui?

Des requêtes adressées par des parents au commandant du camp. Où est mon fils? mon mari? mon frère? Que puis-je lui envoyer? Quand pourrais-je aller le voir, lui parler? Des réponses bureaucratiques. Votre frère est décédé à la suite d'une courte maladie. Les cendres de votre fils vous seront envoyées après réception de la somme indiquée ci-dessous, destinée à couvrir tous les frais. Non, les détenus ne peuvent recevoir de colis. Seul l'ajout du numéro d'immatriculation ci-dessus pourra garantir la réception de toute correspondance. Veuillez agréer, Monsieur, Madame...

Instruments de torture. Instruments de musique. Les détenus jouent pour le plaisir de leur tortionnaires, les sons s'élèvent, se mêlent à la fumée noire crachée par la haute cheminée, couvrent les sanglots, le temps d'un concert.

Uniformes. De détenus et de gardiens. De chefs. Photographies des uns et des autres. Des noms célèbres, des visages anonymes.

Le chevalet. Les fouets. Seringues. Chaînes et fers. Un char à bras doublé de zinc pour le transport des cadavres.

Documentation sur le travail forcé dans les fabriques d'armement des environs. Trois cent quinze détenus sont morts à la suite d'une attaque aérienne qui a presque totalement détruit les usines Gustloff où l'on façonnait, entre autres, des installations de commande pour les fusées V2. Les deux Anglais se penchent sur des vitrines.

La résistance. Son centre secret au deuxième

étage du bloc 38. Neuf cent quatre adolescents et enfants ont pu survivre, des juifs être sauvés, grâce à des gens courageux malgré l'horreur.

Je prends congé de mes amis. Non, je n'irai pas voir le documentaire qui sera projeté à quatorze heures. J'en aurais la force maintenant? Oui, mais... Ils n'insistent pas.

Oui, en sortant, à gauche de l'entrée, je jetterai un coup d'œil sur les ruines de l'ancien jardin zoologique, construit par les prisonniers pour que les enfants des SS puissent s'y divertir.

Non, cet après-midi je n'irai pas voir la grande maison de Goethe, je ne visiterai pas son pavillon de campagne. Je n'ai pas le temps d'admirer le génie allemand, sa poésie. Je dois aller retrouver une petite fille mal élevée que j'ai injustement associée aux crimes de ses aïeux.

Je reprends le train. Je n'ai plus mal au ventre. Un taxi me conduit à la maison.

Pour la première fois, Carla me sourit. Elle me demande où j'ai été, se contente d'une vague explication, m'entraîne au jardin, me prie de la pousser, assise sur sa balançoire. Tu le fais si bien, dit-elle, il n'y a que toi pour trouver la bonne cadence.

Le crépuscule adoucit les silhouettes, la sienne, la mienne, celle de ma sœur qui arrose ses rhododendrons.

TABLE DES MATIÈRES